诚 与 真

诺顿演讲集 1969—1970年

[美] 莱昂内尔·特里林 著

刘 佳 林 译

上海文艺出版社

献给我的表兄
I.伯纳德·科恩

前言

这是我 1970 年春在哈佛大学担任查尔斯·埃利奥特·诺顿诗歌教授时的演讲集。当我从思想史的角度考虑，选择"真诚"和"真实"这一对系出同源的概念作为演讲的主题时，我不可能不知道六次讲演是穷尽不了这个主题的。这种想法激励着我的研究活动。到我进行最后一次讲演时，我依旧十分清楚，我的这些讲演必定是不充分的，但因为木已成舟，我也就认了——我知道，这些讲演在多大程度上未能尽如人意，具体都表现在哪里。当我一一胪列那些未及考虑的重要问题和重要人物时，心中未免感到沮丧。今天，在将讲稿虽非原封不动但基本上是未作大改地付梓之际，我不由再次想到，我选择的主题确实太大了，实际上与四百年的文化一样广阔。因此，即使仅仅是对它的局部进行研究，显示其广度，对它所引发的众多出人意料的见解中的一些说法加以评述，也是不无裨益的。

莱昂内尔·特里林
纽约，1972 年 3 月

目 录

前　言　/ i

第一讲　真诚：起源与兴起　/ 001
第二讲　诚实的灵魂与分裂的意识　/ 035
第三讲　存在的感受与艺术的感受　/ 069
第四讲　英雄的、美的、真实的　/ 105
第五讲　社会与真实　/ 137
第六讲　真实的无意识　/ 173

索　引　/ 221
代译后记：诚与真的历史文化脉动　/ 231

第一讲 真诚:起源与兴起

SINCERITY: ITS ORIGIN AND RISE

1

不时地，我们能够看到，道德生活处在自我修正的过程之中，它或许轻视先前强调的这个或那个要素，或许发明或增加某个新的要素、某个迄今尚未被视为对德性而言不可或缺的行为方式或感情方式。

面对这种新的情况，人们在接受时常常带着一定程度的嘲讽，或显露出其他抵制迹象。当然，近来所有人都养成了这样的看法，即道德生活是变动不居的，我们所谓的价值是时移代易的。大家甚至无须费力就能够相信，这样的变化并不总是渐进的过程，有时会相当突然。我们对文学的现代思考也包含慨然接受道德生活之变化的态度。不过有时恰恰是我们的文学经验促使我们抵制道德变化的观念，促使我们去质疑，道德假定中所发现的变化是否值得大家非相信不可。我们一般能够深切而敏锐地认识到，一种文化与另一种文化的道德假定是不同的，以至我们很难相信还存在什么基本的人性。

2　但大家又都知道，某些时候这些不同是无关紧要的或者基本上就不存在，对此文学可以证明。我们阅读《伊利亚特》或索福克勒斯、莎士比亚的戏剧，它们与我们的心灵非常贴近，完全击垮了我们经由教育而养成的关于道德生活的认识，或使我们将这种认识暂时悬置起来，毕竟我们的认识受特定文化的局限。这些作品促使我们相信，人性从不变化，道德生活是一元的，它的术语是长久的，只有迂阔冒失的学究才想另立新说。

不过，根据对这个问题的另外一种看法，判断就会完全相反。我们发现，我们会急切地关注将一个时代的道德与另一个时代的道德区别开来的那些假定、思想和行为的所有细节。我们觉得，对道德语汇之间差别的敏感与洞悉才是对待文学的应有的最基本态度。

以上所描绘的左右摇摆的矛盾态度正是我本人现在的心态。我有些举棋不定，我是想指出，在历史发展的某个时刻，欧洲的道德生活为自身增加了一个新的要素，我们把这个要素叫作自我的真诚状态或真诚品质。

我们这里所说的真诚（sincerity）主要是指公开表示的感情和实际的感情之间的一致性。我想说，体现在这种一致性上的价值在历史的某个时刻成了道德生活的新要素。可这样说真的能行吗？这种说法有意义吗？或者这种价值想必跟说话、打手势一样古而有之？

但我打消了这种疑虑，因为我想我们不能不考虑一

诚与真

个人的文化环境就把这个词用到他身上。例如，我们不能说《圣经》中的族长亚伯拉罕是一个真诚的人，这种说法必定只能让人感到滑稽。我们也无法讨论阿喀琉斯或贝奥武甫的真诚：他们既不具有真诚也不缺乏真诚。但如果我们问，少年维特是否真的像他所说的那么真诚，或者达什伍德两姐妹——埃莉诺、玛丽安[1]——在简·奥斯丁眼里哪个更真诚，我们就能很有把握地期待对问题的正反两面给予明确的回答。

《哈姆莱特》中有一个独特而动人的场景：波洛涅斯催促儿子雷欧提斯动身去巴黎，并对他谆谆告诫，可雷欧提斯却心不在焉，完全当作了耳边风。这个老人的格言警句一句比一句古板乏味，读者把这些话当作是对一个年老又小气的人物的性格写照。但接着我们吃惊地听到这样的句子：

> 尤其要紧的，你必须对你自己忠实；
> 正像有了白昼才有黑夜一样，
> 对自己忠实，才不会对别人欺诈。[2]

---

[1] 埃莉诺和玛丽安姐妹俩是简·奥斯丁的小说《理智与情感》中的主人公。——译注
[2] 莎士比亚：《哈姆莱特》，第一幕第三场。本书凡涉及莎士比亚剧本的引文一律采用朱生豪先生的翻译，以下不再注明。——译注

对于波洛涅斯告诫快结束时所说的这段话，我们自然会努力寻求另外一番理解，以求跟我们对他的轻蔑相一致："如果你始终把自己的利益放在首位，如果你谋求的是自己的利益，你就不会误导你的同伴，他们就不会指望你对他们的利益表示忠诚，这样，当你不可避免地让他们的期望落空时，你就不会激怒他们。"然而波洛涅斯的话却不能这样理解。我们想使这句话跟我们对波洛涅斯的总体评价相连贯，可是掷地有声的句子、清晰明确的道德情怀让我们却步。它让我们相信，在这一刻，波洛涅斯自我超越了，他在这一刻是仁厚而诚恳的。他认为真诚是美德的基本条件，而且他发现了怎样能够达到真诚。

每个读者在理解《哈姆莱特》时都会认识到，真诚的主题渗透了整部戏剧。很显然，哈姆莱特第一次完整的长独白就申明了他的真诚，他说他不知道什么"好像"。是的，他关于父亲之死所公开表示的感情和他的实际感受是不一致的，但这不是他母亲认为的那样，尽管他也情愿是那样——他的感受远远超过他的公开表示，他有无法表现出来的心事。伶人那场戏是关于艺术手段的，这些手段得以让感受与告白相一致，后来哈姆莱特跳进奥菲利娅墓中时，他不合时宜地祈求这种戏剧性的一致，旨在表示悲伤方面超过雷欧提斯："嘿，你会吹，我就不会吹吗？"还有霍拉旭，哈姆莱特视他为知音，正如哈姆莱特所说，这个朋友不是感情的奴隶，斯多亚式的无偏爱心（apatheia）让霍拉旭成为我们所感到的那样，他是一个始终如一的灵魂，是一个绝对的真诚的典范。

除了我所提到的这些，这个戏剧有更多的要素能够让我们想到真诚。但在所有这些要素中，波洛涅斯的那三行台词是最具吸引力的，这或许是因为它那种含蓄的哀婉之情。"对你自己忠实"，这句话萦绕在我们的耳际，它有着怎样的承诺啊！我们每个人都听命于它，而若遵守这个命令，我们想，许多困难与疑问都会得到解决。这是怎样的一种和谐啊——我和我自己之间！有两个存在彼此更般配吗？谁不想忠实于他自己呢？忠实，也就是说忠诚，就是始终如一不动摇。忠实，也就是说诚实，就是面对自身不应该有什么借口托词。忠实就像木匠、瓦匠所说的那样，中规中矩。但这是不容易做到的。狄更斯在职业生涯的巅峰时刻曾在一封信中这样写道："为什么……当我情绪低落时，一种感觉总会涌上我的心头，就好像我错过了生命中的某种幸福，好像我未能结识一个本应结识的朋友和同伴。"[1] 我们知道那得不到的朋友和同伴是谁。我们通过马修·阿诺德，理解了要发现一个人的自我，到达它，忠实于它，是多么的困难：

---

[1] W. 德克斯特编：《狄更斯书信集》（*The Letters of Charles Dickens*, ed. W. Dexter, London: Nonesuch Press, 1938），第二卷，620—621页。

表面清浅轻柔

我们说我们感觉到了

水流光亮，我们以为我们感觉到了

可在它的下面，涌动着无声的流，强劲幽深

这才是我们感觉到的干流[1]

阿诺德的这番智慧之语，揭示了探明一个人的自我的艰难甚至是不可能。直到差不多三十年后，弗洛伊德才开始筚路蓝缕式的学科草创工作，以研究、发现它的藏身之所。但我们至今不仅依旧对所要忠实的自我之所在感到困惑，也对我们所找寻的究竟是什么感到茫然。席勒说："人们也许会说，任何一个人，就其禀赋和使命而言，自身之中就含有一个人的理想，这是人的范型，他一生的使命就是不管经历多少风雨都始终符合这统一不变的理想。"[2] 人的范型，是否就是一个人的自我？毫无疑问，这就是马修·阿诺德所说的"完美的自我"，但这是我的自我吗？难道它不是普遍人类的"完美的自我"而非单个人的自我？如果不管怎么说它都可

---

[1] C. B. 廷克和 H. F. 劳里编：《马修·阿诺德诗集》(*The Poetical Works of Matthew Arnold*, ed. C. B. Tinker and H. F. Lowry, London and New York: Oxford University Press, 1950)，483 页。

[2] 席勒：《美育书简》(F. Schiller, *On the Aesthetic Education of Man*, ed. E. M. Wilkinson and L.A. Willoughby, Oxford: Clarendon Press, 1967)，17 页。

以被称为是我的，如果因为它是人类的"完美的自我"，所以必定是我的"完美的自我"，那么当然正因如此就恰好说明，它不是（如济慈所说）我唯一的自我：我知道，它与另外一个自我共存，而那个自我从公共道德来说并不怎么好，但正因为该受谴责，所以它就更可以被看作是个人的自我了。因此霍桑这样想："诚实吧！诚实吧！诚实吧！纵使不把你的最坏之点坦诚地显示给世界，也要表示出某些迹象，借此可以使人推想到你的最坏之点！"[1]

如果真诚是通过忠实于一个人的自我来避免对人狡诈，我们就会发现，不经过最艰苦的努力，人是无法到达这种存在状态的。但在历史的某个时刻，某些人或某些阶级把付出这种努力看作道德生活中最重要的事，真诚这项事业所具有的价值也就成了过去差不多四百年里西方文化的显著特征，甚至是决定性的特征。

2

要对真诚进行历史叙述，我们不仅要检讨这个概念的产生及获得优势地位的过程，也要考察它最终的衰

---

[1] 霍桑：《红字》（Nathaniel Hawthorne, *The Scarlet Letter*），第 24 章"结局"（译文基本采自侍桁翻译的《红字》，上海：上海译文出版社，1981年，204—205 页。——译注）。

落，它所曾发挥的权威影响的急剧下降过程。"真诚"一词昔日所有的尊荣如今已丧失殆尽，我们今天听到这个词时，会有一种恍若隔世的古怪感觉。如果我们说出这个词，我们很可能是不太自在或含讥带讽的。最常见的情况是，这个词已经贬值为一个强调成分，反倒否定了其字面意思。"我真诚地相信"在分量上不及"我相信"，书信末尾署名时的"你的真诚的"实际上就是"你的"的反义词。如今称赞一部文学作品是真诚的，充其量只是说，这部作品虽然在美学或知性方面无可称道，但至少思想单纯。当F. R. 利维斯极为认真地对T. S. 艾略特创作中的真诚与不真诚进行区分时，我们倾向于认为，这是利维斯博士认真但不免古旧而又可爱的一个例证。

虽然有些矛盾，但真诚的贬值基本上与20世纪文学经典的神秘气氛有关。一些文学大师持这样的立场，即在涉及他们的作品与他们的读者的方面，他们不是普通的人或自我，他们是艺术家。这就是说，他们不是华兹华斯定义中的诗人，即跟众人说话的人。他们的说法营造了神秘的氛围，这些说法当时很著名，并给那时的读者留下了挥之不去的记忆。艾略特说："艺术家的进步是一个不断的自我牺牲的过程，是个性不断被消灭的过程。"乔伊斯说："艺术家的人格……最终从存在中升华出来，或者说，使自身非人格化了。"纪德——

偏偏是他——说："讨论我作品的唯一正途是美学的视角。"[1] 他们取得了艺术家的存在身份，这就排除了他们作为一个人而跟众人说话的可能性，因而真诚与否、感受与表述一致与否，这些衡量标准都跟对他们的作品评判无关。由此，我们所看到的矛盾当然也就出现了：这些现代大师的作品其实是很富有个人关切的，它们对自我、对忠实于自我之艰难这样的问题非常关注。也许我可以引用我以前对20世纪初文学经典特征的一段分析："文学的个人化从未像这般令人震惊，它问我们是否满意我们的婚姻生活、我们的职业生涯、我们的朋友……它问我们是否满意自己，我们是获救了还是遭殃了——文学关心拯救，甚于关心其他一切。"[2] 矛盾还不止于此。我们不费吹灰之力就能认识到，这种文学之所以被允许问出如此出格的私人问题，是因为作家也向他们自己提出了这些问题。虽然他们要非人格化，但在我们眼里，他们描绘的这些形象就是众人，是各种个性的人，具有

---

1 纪德的这段话是让·易提尔的《安德烈·纪德》（Jean Hytier, *André Gide*, trans. R. Howard, Garden City, N.Y.: Doubleday Anchor, 1962; London: Constable, 1963）的卷首引语，据说引自纪德给作者的一封信。艾略特的话出自论文《传统与个人才能》（"Tradition and the Individual Talent"），乔伊斯的话出自《一个青年艺术家的肖像》（*A Portrait of the Artist as a Young Man*）第五章。
2 L. 特里林，《论现代文学的教学》（L. Trilling, "On the Teaching of Modern Literature", *Beyond Culture*, New York: Viking; London: Secker, 1965），8页。

非常典范的意义,每个典型都在问,他的真正自我是什么,他是否忠实于这个自我,因此我们也仿效他们,开始检视自我。至于那种认为有必要超越或消灭一己之自我的说法,我们可以把它看作一种劳役,这些劳役是自我注定要忍受的。或者我们也许应该这样理解,他们宣称有萨满教巫师般的神力:说出这些词句的不是我,是风,是精灵。

伴随现代文学经典而成长的批评对艺术家非人格化的信条亦步亦趋。在处理个性问题时,这种批评玩的是复杂、含混、反复无常的游戏。现代批评一方面努力让我们对诗人独特的声音内涵更加敏感,这就不可避免地要包括那些首先是个人的,其次才是道德的和社会的东西,另一方面又严格地坚持认为,诗人不是一个人,而只是一个人格面具,将个人化的存在归于诗人是对文学之庄严的破坏。

毫无疑问,这种严守贞洁的文学观有纠偏的作用。批评不是流言蜚语,这个简单的真理还需一些戒律来加强,于是读者就被告知,不要在斯蒂芬·迪达勒斯与詹姆斯·乔伊斯、米歇尔或杰罗姆与安德烈·纪德之相似性问题上纠缠不休。[1] 可是此一时彼一时,我们现在不

---

[1] 斯蒂芬·迪达勒斯是詹姆斯·乔伊斯的小说《一个青年艺术家的肖像》《尤利西斯》中的主人公,米歇尔、杰罗姆则分别是安德烈·纪德的小说《背德者》《窄门》中的主人公。——译注

再要求把马塞尔·普鲁斯特小说的主人公叫作马塞尔这样的事看作纯粹的巧合。在过去的二十年里，英国、美国的诗人有计划地逃避有关人格面具的神圣信条，他们不再相信下面的说法：诗人不会也不应该向读者呈现自我，不应该在读者心目中作为一个人、一个向众人说话的人出现，而应该是一个完全的美学存在。后一说法曾经是很重要的信仰，但现在被诗人们抛弃了，为此唐纳德·达维还写了一篇饶有趣味的文章。正如达维先生所说，如今"一首'我'确切无疑地代表作者的诗"被认为"基本上也必然要优于'我'不是代表作者而是作者的一个人格面具的诗"[1]。在达维看来，这种惊人的颠倒的信条是对浪漫主义珍视真诚之做法的回归，他的文章标题就是《论真诚：从华兹华斯到金斯堡》。

我不想在用词上吹毛求疵，实际上用"真诚"一词来描述达维所想，也算恰当。不过我想，如果换一个词来界定，我们会更好地理解他所描述的文学发展问题。达维所说的当代许多诗人的那种特征，即自我的无中介展示（可能还包含忠实于自我的意图），跟朝向真诚的努力并不完全是一码事，因为它不包含波洛涅斯在讲"对你自己忠实"时所提到的理由：对自己忠实，才不会对别人欺诈。这种意图不再像过去那般急迫了。这

---

[1] D. 达维：《论真诚：从华兹华斯到金斯堡》(Donald Davie, "On Sincerity: From Wordsworth to Ginsberg", *Encounter*, Oct. 1968, pp. 61-66)。

不是说，当今道德风尚对避免欺诈别人不重视，而只是说，后者不是对自己忠实的规定性目标。如果真诚失去了它先前的地位，如果这个词本身对我们来说只是空洞的声音，差不多是在否定它本来的意思，那是因为，它不主张将忠实于自我当作目的本身，而只是将它当作手段。如果一个人是为了避免对别人欺诈而对自我忠实的，他还算得上真的忠实于他自己吗？对道德目的的考虑意味着对公共目的的考虑，这意味着，正确履行一个公共角色就会获得尊重和美誉。

我不是刻意用"角色"一词的，它"自然而然地"到了手边。我们近来都在说"角色"，"我的职场角色"，"我的父亲角色、母亲角色"，甚至"我的男性角色或女性角色"，但我们并没有考虑过它最初的戏剧意义。不管我们注意到没有，它那古老的戏剧意义一直存在着，它含有这样一种观念，在所有这些角色之下的某个地方有一个我，那是可怜的、最终的、真实的我，当所有角色扮演结束时，他会喃喃说道："脱下来，脱下来，你们这些身外之物！"[1] 然后他与自己原来的真实的自我安然相处下去。

真诚的观念，自我的观念，认识并展示自我之艰难的观念，开始在戏剧突然昌盛的时代兴起并困扰人类，

---

[1] 此句为李尔王的台词，见《李尔王》，第三幕第四场。——译注

这绝非偶然。[1]当代一部名闻遐迩的社会学著作被冠以这样的标题——"日常生活中的自我呈现"[2]，我们能够设想，当代哈姆莱特会这样说："我的心事是无法展现[3]出来的。"在展现自我、将自我呈现于社会舞台的艰巨事业中，真诚自身奇怪地扮演了一个折中的角色。社会要求我们展现真诚的我们，满足这种要求的最灵验的办

---

[1] 但请参看埃里克·本特利的《戏剧与治疗》（Eric Bentley, "Theater and Therapy", *New American Review*, viii, 1970, pp. 133-134）。"'全世界是一个舞台，所有的男男女女不过是一些演员'——这一观点并不是莎士比亚笔下的愤世嫉俗者杰奎斯即兴说出的妙语（杰奎斯是莎剧《皆大欢喜》中的人物——译注），而是西方文明中的常识。这是一个真理，被写在莎士比亚环球剧场的墙壁上，而且用的是另一种比英语更古老的语言：Totus mundus facit histrionem（拉丁文，意思是"人生皆是戏"——译注）。许多精神病学家都说，生活就是角色扮演，这只是创造了一种新的说法，并没有提出新的观点。"认为这种观点很古老的看法当然是正确的——比如可以参见本书后面提到的汉斯·约纳斯对斯多亚派伦理体系中戏剧元素的论述。不过，正如我早先提到的，有些文化时代的人们并不认为他们拥有多重自我或多重角色。本特利接着肯定地指出，角色扮演是不可避免的并具有积极的价值。"令人奇怪的是，"他说，"'演戏'这一说法后来被认为是一种诋毁；意味着不真诚。但我引述的那些常识性的观点表明一个人不可能不演戏，他所能选择的只是扮演这个或那个角色。这正是这种观点的积极之处：我们还是有选择的，人生给了我们可供选择的角色。"这个观点很有说服力，但我想，它仍不能阻止真正自我的执着诉求。

[2] 欧文·戈夫曼：《日常生活中的自我呈现》（Erving Goffman, *The Presentation of Self in Everyday Life*, New York: Doubleday Anchor, 1959; London: Allen Lane, 1969）。

[3] 原文为"我的心事是无法表现出来的"（I have that within which passes show），特里林这里是把原台词中的"show"（为表演，表现之意）改成了"presentation"。

法是，我们保证我们真的是真诚的，我们就是我们要社会知道我们所是的那种人。简言之，我们扮演着是我们所是的角色，我们真诚地照一个真诚的人那样行事，结果就会出现对我们的真诚进行判断的情况，说真诚是不真的。

近来人们会脱口而出地说到"真"或"真实"（authenticity），"真实"与许多东西相关，因此要界定它将阻力重重，我稍后会努力尝试。但现在我想还是可以依靠它的这样一些意思的，即比之于"真诚"，"真实"要求更繁重的道德经验，更苛刻的自我认识，对"忠实于自我"指什么有更严格的理解，它更关注外部世界和人在其中的位置，但却不会轻易地屈服于社会生活环境。按照真实的标准，过去被认为是文化组织肌理之构成的许多东西现在似乎就变得无足轻重了，它们只不过是幻想或仪式，或者干脆就是彻头彻尾的弄虚作假。相反，出于真实标准的要求，许多过去的文化所谴责并试图加以排斥的东西则被赋予了相当多的道德权威，比如无序、暴力、非理性。真实这个概念会否定艺术本身，但同时它又是艺术的幽深源泉。因此对叶芝来说，尽管他是一个很好的角色扮演者，热爱面具，但当所有的表演对他都没有什么意义时，他必须找到创新表演的方法：

　　那些完美出色的形象

在纯洁的心中生长，但它们开始于哪里？
一堆废弃物，街头的垃圾，
旧水壶，旧瓶子，一只破罐罐，
废铜烂铁，啃剩的骨头，破布烂絮，
那守着钱袋的浪谑妓女。可现在我的梯子没了，
我得在那些梯子竖起的地方躺下，
在龌龊的废品收购店似的内心里。[1]

真诚曾被认为具有巨大的创生力，但却无法跟现代价值观赋予真实的那种惊人的繁殖力相比。真实意味着向下运动，穿过所有文化的上层建筑，到达一个地方，一切运动都在这里结束，也在这里开始。锡德尼笔下的缪斯对诗人说："看着你的心动笔。"这古老的训喻在现代读者听来是多么的轻巧！在那样的心里没有什么龌龊的废品收购店，它不是黑暗的心。

尽管如此，在真实开始暗示真诚有许多缺陷之前，在真实开始盗取我们的尊重之前，真诚在文化的天空里高高耸立，它曾主宰着人们对他们应该是怎样的想象。

---

[1] W. B. 叶芝：《马戏团动物的逃亡》(W. B. Yeats, "The Circus Animals' Desertion", *Collected Poems*, London and New York: Macmillan, 1956, p. 336)。

3

"真诚"这个词是在16世纪的最初三十年进入英语的,比它在法语中的出现要晚很多。[1] 它来自拉丁文sincerus,最初与该拉丁词字面上的意思完全吻合:干净、完好或纯粹。一个古老但没有什么根据的词源是sine cera,意思是指没有蜡,似乎是指一件货真价实的好东西,而非那种拼凑起来冒充好货的东西。这让我们想到,这个词最初的用法主要不是指人,而是指物,包括实体的和非实体的物。我们说真诚的酒,这不是比喻的说法,不是像当下流行的那样,在描述酒的味道时赋予它一些道德性质,而仅仅是指这种酒没有掺假或兑水。在医学用语中,尿液可以是真诚的,脂肪可以是真诚的,胆汁也可以是真诚的。我们说真诚的教义,真诚的宗教,或者真诚的福音,是说它们未经篡改、伪造或讹用。约翰逊博士在他的词典中也首先列出了真诚的这个意思,将它用于物而不是人。在16世纪早期,当它指涉人时,该词基本上是比喻性的。一个人的生活是真

---

[1] 《牛津英语词典》认为,这个词最早在1549年用于法语,但保罗·罗贝尔的《法语字母与相似词字典》(Paul Robert, *Dictionnaire alphabétique et analogique de la langue française*)认为,sincère在1475年就已出现,而sincérité出现于1237年。这个词并未收入弗雷德里克·高德佛罗瓦的《9世纪到15世纪古代法语及其所有方言词典》中(Frédéric Godefroy, *Dictionnaire de l'ancienne langue francaise et de tous ses dialects du IXe au XVe siècles*, 1892)。

诚的，是指完好的、纯粹的或健全的，或其德性是一贯的。但不久它就开始指没有伪饰、冒充或假装。莎士比亚就仅仅是在后一层意思上来使用这个词的，他看上去没有意识到，它曾经有过比喻的用法。

16世纪对伪饰、冒充和假装非常着迷。但丁将那些"行为不像狮子而像狐狸"的人打入了地狱的倒数第二层，但马基雅维里至少是在公共生活中颠覆了这种观点，他敦促君主要像狐狸一样。马基雅维里就这样蛊惑了伊丽莎白时代的文人学士，如温德汉姆·刘易斯[1]所说，他成了那个时代戏剧的主角。但我们不能仅仅用那时人们对马基雅维里主义者的迷恋来解释戏剧频繁地处理自我的虚假展示问题。"我非我所是"[2]并非伊阿古专属的形容，莎士比亚笔下许多道德高尚的人物在他们生命的某个时刻都可以用这句话来描述。哈姆莱特一听完鬼魂的话就决意做他所不是的人，他要装作一个疯子。罗瑟琳不是男孩，鲍西娅不是法学博士，朱丽叶不是死尸，文森修公爵不是修士，爱德伽不是疯子汤姆，赫米温妮既没有死也不是一尊雕像，海丽娜不是狄安娜，玛

---

1 温德汉姆·刘易斯（Wyndham Lewis，1882—1957），英国画家、作家、文艺评论家，创立旋涡画派，有名画《巴塞罗那的投降》、评论《无艺术的人》、长篇小说《爱的复仇》等。——译注
2 伊阿古的台词，见《奥赛罗》，第一幕第一场。——译注

14 利安娜不是依莎贝拉[1]——伊丽莎白时代的观众相信古代的"床头骗术",一个女子在偷欢时把自己假扮成另外一个人[2],说明假扮观念在当时是多么深入人心。

但是,虽然天真无邪的冒充有很大的好处,却是用于作恶的伪饰得到了最多的道德关注。戏剧中的"坏人"(villain)一词不一定具有掩盖的意思,一个坏人的邪恶可以不掺杂欺骗,他作恶的意图可以是公然的。但在"第一对开本"的剧中人物表中,伊阿古是唯一被称为"坏人"的角色,这个事实说明,坏人就像伊阿古这个典型一样是一个会伪饰的人,他的邪恶本性对观众来说昭然若揭,但那些被他利用的人却浑然无知。

关于坏人的这种观念一直延续到了维多利亚时代。维多利亚时代以后的文学文化有一个特征,即发现坏人形象并非习语所说的"忠实地反映生活",相信这样的

---

[1] 罗瑟琳是《皆大欢喜》中的人物,曾女扮男装;鲍西娅是《威尼斯商人》中的女主人公,她为了拯救安东尼奥,伪装成法学博士;朱丽叶是《罗密欧与朱丽叶》中的女主人公,为了逃婚,她服下劳伦斯神父给她的安眠药水,仿佛死去一般;文森修是《一报还一报》中的公爵,他扮成修士访察民情;爱德伽是《李尔王》中的人物,他在遭遇弟弟爱德蒙的诬陷后化装成乞丐、疯子汤姆;赫米温妮是《冬天的故事》中的王后,因遭到丈夫的猜疑被迫诈死,曾以雕像的形象出现;海丽娜是《终成眷属》中的女主人公,为了赢得丈夫勃特拉姆的爱,她冒充丈夫喜欢的女子狄安娜与丈夫幽会;玛利安娜是《一报还一报》中的人物,她利用未婚夫安哲鲁对依莎贝拉的情欲而冒充后者与安哲鲁幽会。——译注
[2] 海丽娜冒充狄安娜,玛丽亚娜冒充伊莎贝拉,都是运用"床头骗术"与自己的丈夫或未婚夫发生性关系。——译注

坏人可能存在未免天真。人们形成了这样的信念,人是"好和坏的混合物",大多数的坏都可以根据"环境"来解释。现代有一种倾向,即把邪恶与社会制度而不是个人相联系,部分是出于这种原因,坏人的真实可信度就降低了,人们认为这样的人物只有在传奇剧的幻想中才会出现,严肃的小说和戏剧则与之无涉。但值得考虑的是,是否也因为新的社会环境不再像先前的社会环境那样让坏人标志性的掩盖伎俩如鱼得水,进而形成了这样的局面。也许我们不应该理所当然地认为,坏人仅仅是一个一度也曾被小说采纳的舞台程式。我们有理由相信,坏人形象也曾是忠实反映了生活的,只是后来变了。我们无法通过实际的数字来表明,某个时代实际生活中的坏人比另外一个时代多,但我们能够说,在某个时代坏人运用掩盖伎俩要比在另外一个时代有更多的理由和更实际的好处。达尔杜弗、布立非、贝姨、玛奈弗太太、尤利亚·希普、布兰德瓦、蓓基·夏泼[1]——这些披着羊皮的狼并不是凭空杜撰,他们的存在是能够在实际社会中找到真凭实据的。

---

[1] 这里所列举的人物都是现代戏剧和小说中著名的骗子形象:达尔杜弗是莫里哀的喜剧《伪君子》中的主人公,布立非是菲尔丁的长篇小说《汤姆·琼斯》中的人物,贝姨和玛奈弗太太是巴尔扎克小说《贝姨》中的女骗子,尤利亚·希普是狄更斯小说《大卫·科波菲尔》中的人物,布兰德瓦是狄更斯小说《小杜丽》中的人物,而蓓基·夏泼则是萨克雷小说《名利场》中的女主人公。——译注

关于历史，一个常见说法，从16世纪开始，社会的流动性明显增加，这在英国最突出，法国也一样。人们越来越可能脱离他们所出身的阶级，而中产阶级则以前所未有的而不是过去那种惯常的方式崛起。尽管新的社会流动跟过去相比是惊人的，但今天看来，这种流动性似乎还不能完全满足随之产生的社会渴望。对此托克维尔的革命理论很能说明问题：随着满足社会渴望的可能性增加，对阻碍满足的不满也就增加了。这些阻碍是如何奏效的，我们可以从19世纪的任何一部优秀的英法小说中看到。托克维尔促使法国人认识到，英国人通过慷慨赠予向上流动的人"绅士"头衔以保证政治稳定，从而获益良多。但我们也不能不注意到，这种流动性仍然是很有局限的，绅士阶级会迅速地察觉并指出哪些特征被视为社会耻辱，使人无法被这个阶级所接纳。差不多一百年前的法国和英国社会的一个明显的事实是，对有野心的人来说，作为他们社会进阶的体面职业是稀缺的。在这样一个束缚重重的社会，阴谋诡计就不会令人觉得陌生，伪造遗嘱或破坏遗嘱也就是很自然的谋财手段，而要求下位者顺服上位者的社会制度则依旧怂恿人们谄媚逢迎以满足私利、谋求晋升。"坏人"一词最初所具有的社会意义决定了它后来的道德意义，这个语含轻蔑的词过去是指封建社会身处下贱的人，而戏剧和小说中的坏人就是企图超越他的出身的人。坏人不是他所是的人：之所以这样说，既因为他有意否认并背弃他的社会身份，也因为他唯有通过不可告人的行为、通过奸诈才能实现他的反常企图。就其本质而言，他是一个作伪者，也就是说，他在演戏。正是在这一点上，伊阿古对自己阶级境遇的不满和改善这一境遇的企图在他的性格中暴露无遗。

在现代人对道德生活的想象中，作伪者/坏人、有意识的伪饰者已经变得很次要甚至是陌生了。一个人为了利用他人的善意信任而处心积虑地掩饰自己，这样的情况并不会轻易引起我们的注意，更谈不上轻信了。我们最容易理解也最愿意关注的欺骗行为，是一个人对他自己的欺骗。19世纪的观众会觉得，伊阿古坦白他卑劣的奸诈意图是很吸引人的，但我们并不会如此认为。我们最好奇的也许是奥赛罗的道德情形，我们关心的是他在高贵的表象下面还隐藏了什么，在英雄的面具下面还有什么。同样，我们并不关心厚颜无耻的伪君子达尔杜弗，而是关心《愤世嫉俗》(《恨世者》)中的主人公阿耳塞斯特，莫里哀说，这个主人公虽然在致力于完善真诚方面用心良苦，但他并不完全是那副样子。阿耳塞斯特说："我的主要才能是坦诚。"他的全部活力就被用于完善他所自矜的这种品质。"……他以此为荣"，喜剧的可笑之处就在这里。剧中每个可笑的人物都有他为之自夸之处：奥隆特以他的十四行诗自矜，克利汤德以他的衬身马甲自矜，阿卡斯特骄傲的是他的贵族血统、他的财富、他毫不含糊的魅力，阿耳塞斯特则以他的真诚、他公开声称站在真理一边为荣。他对真诚的顽固执着就是傲慢自大，自高自大则会模糊真理，因为关注自身利益的意志让他利令智昏。阿耳塞斯特所坚决效忠的是自己的意志而不是他说服了自己相信的真理。

莫里哀对阿耳塞斯特这种自欺的真诚进行了讥讽，但比之于通常意义上对人性弱点的嘲讽来，莫里哀可谓是心慈手软。然而卢梭似乎并没有意识到这一点，在《致达朗贝论戏剧书》中，他对《愤世嫉俗》进行了很著名的批评。卢梭本人在攻击时并非不心慈手软——他的语气中悲哀甚于愤怒，他抨击的是他的所爱，他崇拜莫里哀，虽然他对戏剧的非难相当尖刻，但对《愤世嫉俗》却特别欣赏。我们可以这样想，卢梭在其中看到了他自身的写照，他对莫里哀不满的根源在于，阿耳塞斯特激烈的道德绝对主义没有受到颂扬，而是被怀疑和取笑。卢梭说，莫里哀喜剧的本意不是要树立一个好人的模范，而是要树立一个俗人的模范，一个人见人爱的模范；他不是要匡正邪恶，而只是要纠正荒谬，"而所有荒谬的性格中世人最不能饶恕的是，他因为善而显得荒谬"。卢梭接着说，《愤世嫉俗》是为"取悦败坏的心灵"而写的，它展现的是"虚假的善"，这比实际的恶还要危险，它导致"世故的行为和准则胜过纯笃的品性",使得"智慧成了善恶在某种程度上的中和"。[1]

对这部喜剧每个人必定都会这样理解,它与通常对莫里哀戏剧之道德原则的看法是吻合的,即正确的行为乃是合理的行为,它讲求实际,包括很大程度上对社会弊病与矛盾的适应和迁就。但与这种理解相伴随的一定还有另一种理解,后者认识到,阿耳塞斯特的感受和看法并非莫里哀的感受和看法,阿耳塞斯特的忠实朋友费南特的乏味的妥当判断也并不真的是不刊之论,赛莉麦娜不仅是梅瑞狄斯所说的迷人、有活力的女子,还是一个经过粉饰的墓穴,是社会的象征。

我们现在的目的是厘清真诚之起源与兴起所涉及的主要环境,因此上面的两种理解哪个更可取对我们来说并不重要,因为关键的一点是,二者都把社会放到了这个剧本的中心。阿耳塞斯特之所以苦恼烦忧,不是因为他生活圈子中的一个接一个成员、最后是各个成员都出于虚荣或物质利益而言不由衷,而是因为在一个高度文明化的社群里,个人的生活无可规避地成为对真理的败坏。当剧本结束前阿耳塞斯特宣称要逃离人世时,这不仅是因为他对迷人的赛莉麦娜感到失望,还是因为他对

---

[1] 卢梭:《致达朗贝论戏剧书》(J.-J. Rousseau, *Lettre à M. d'Alembert sur les spectacles*, 1758),阿兰·布卢姆将它译为《政治与艺术:致达朗贝论戏剧书》(*Politics and the Arts: Letter to M. d'Alembert on the Theater*, trans., Allan Bloom, Glencoe, Ill.: Free Press, 1960)。有关卢梭对莫里哀的讨论,参见原书34—47页。

社会感到厌恶，社会的本质并不完全由构成社会的个体的那些本质决定。

在《文化与社会》中，雷蒙·威廉斯研究了"工业""民主""阶级""艺术""文化"等词语，他发现，这些词的现代意思是在18世纪最后几十年及19世纪上半叶开始出现的，这些词在今天的语言中已经十分重要，并为我们思考社会开辟了道路。虽然威廉斯没有列出，但"社会"也应属于这类词语。现代意义上的"社会"一词其起源要早于其他的词，但它也是在一个特定时期——16世纪——出现的，我们不仅能够看到它的日渐流行的过程，而且能够看到其含义的不断扩展。"社会"是一个很容易实体化的概念，从人们谈论它的方式来看，社会有自己的生命和自己的规律。社会是单个人的集合，但它具有更多的非人的特性。社会实际上有它自己的生命而不是人的生命，这导致人们渴望它能够与人性协调一致。社会这个实体不同于王国或国度，甚至霍布斯为表达他心中之所想而采用的"国家"（commonwealth）一词与他实际想表达的意思相比也显得老派。

欧洲文化史学家基本上一致认为，在16世纪晚期、17世纪早期，某种类似于人性突变的东西发生了。弗朗西丝·耶茨谈到"17世纪早期人的精神内在的深层变化"，她称这是"现代欧洲人和美国人诞生的关键时期"。这种变化在英格兰最为鲜明,泽维提·巴布称之为"新型人格的形成,体现了整个近代英国民族性格的主要特征"。保罗·德拉尼在研究这个时期自传突然繁荣这一现象时指出,"英国人思维习惯的某种深刻变化"最能解释这种新文类的发展。[1] 与这些心理变化相关的、渐次展开的社会事件(同样,我们注意到,这两种变化互为因果)则是封建秩序的解体和教会权威的衰落。要对这整个复杂的心理—历史事件加以概括,方法之一就是指出,我们现在所理解的社会的观念在那时已经开始形成。

封建制度的衰落导致前所未有的社会流动,这一点我前面已经提及,同时正如预期的那样,它还引发了人口不断增长的城市化进程。1550年,伦敦是一个6万人口的城市,一百年后,这个数字翻了差不多6倍,接近35万。这正是文学所着力谴责的生活环境,以后许多世代,受过教育的资产阶级都对这种环境所造成的道德及精神后果感到不寒而栗,尽管该阶级正是在其中产生并赢得自己的名号的。资产阶级受过启蒙,爱好争辩,可它对美好生活的想象却主要是在古老的乡村生活基础上

---

[1] 弗朗西丝·耶茨:《培根与英国文学的威胁》(Frances Yates, "Bacon and the Menace of English Literature.", *New York Review of Books*, 27 March 1969, p. 37);泽维提·巴布:《历史心理学问题》(Zevedei Barbu, *Problems of Historical Psychology*, London: Routledge; New York: Grove Press, 1960),146 页;保罗·德拉尼:《17 世纪的英国自传》(Paul Delany, *British Autobiography in the Seventeenth Century*, London: Routledge; New York: Columbia University Press, 1969),19 页。

第一讲 真诚:起源与兴起

形成的。但在马克思看来，城市却是值得赞美的，因为它至少为脱离他所谓"农村生活的愚昧状态"[1]提供了一条出路。毫无疑问，他在这里想到的是"愚昧"（idiot）最原始的意思，愚昧的人不是智力有缺陷的人，也不是粗野无知的人，而是一个孤陋寡闻的人，一个"没有担任公职"的人，一个没有参与到马克思所理解的社会之中的人。马克思认为，历史进程的发展，只能发生在城市，由此人的基本生活也是如此。在这里，阶级与阶级相互对立，在这里，群体中的人显示着人类的本质和命运。在城市摩肩接踵的人群之中——卡莱尔称之为"狂热"（Schwärmerei），旨在让人轻蔑地想到这个德文词的生理意义和情感意义——社会把自身强加于公众的感官体验：在成为一个可被思考的观念之前，社会首先是一个看得见、听得到的事物。[2]

---

[1] 马克思与恩格斯：《共产党宣言》。
[2] 彼得·拉斯来特强调"工业来临之前的小规模生活，小规模的人类团体"，参见《我们失去的世界：工业时代之前的英国》（Peter Laslett, *The World We Have Lost: England Before the Industrial Age*, New York: Scribner's; London: Methuen, 1965），9—11页、51页、74页。拉斯来特说，教堂的礼拜是最能把人集合到一起的、比家庭单位大的团体性活动。他还提到村镇的巡回审判庭、逢季开审的地方法庭、牧师或不奉国教的牧师的集会、集市日、大学、军队、议会。他认为，与现代群众社会的典型组织相比，这些团体都很小，而前者直到18世纪中后期工厂建立时才开始出现。但需要指出的是，到16世纪末，剧院开始把相当多的人集中到了一起——在环球剧院（1598）和命运剧院（1600）的一次演出中，观众的人数通常有一千人，而据说这两个剧院都能容纳两千多观众。

对那些从教会组织的律令中解放出来的人来说，社会是可以看得见、听得到并加以思考的。对英国的加尔文教牧师来说，有关社会及其形成与控制方式的布道就同有关神性及世界之神性主宰的布道一样容易。迈克尔·沃尔泽认为，这些加尔文教的领袖是"传统社会'高级'知识分子的最初典范"[1]。在关于这些牧师的著作《圣徒的革命》中，他用了一个描述性的副标题："激进政治的起源研究"。这就是说，此种政治的派性不是基于独立的实际问题，而是基于对社会是什么的系统认识，以及对社会将会是什么的预言。这些牧师是知识分子，因为他们相信道，并坚决直言不讳地说给众人听。像莫里哀笔下的阿耳塞斯特一样，他们认为社会因为虚假的告白而被败坏了。像阿耳塞斯特一样，他们最为之自豪的才能是他们的真诚，他们向那些不愿洗耳恭听的人讲述令人不快的真理。

直言不讳是那个时代的风尚。这是怎样一种新生事物，其令人心醉神迷的新奇该受到怎样的评价，对此，卡斯蒂廖内[2]的《廷臣论》第四卷有一段描述。在前面的

---

[1] 迈克尔·沃尔泽：《圣徒的革命》（Michael Walzer, *The Revolution of the Saints,* Cambridge, MA: Harvard University Press, 1965; London: Weidenfeld, 1966），121页。

[2] 卡斯蒂廖内（Baldassare Castiglione，1478—1529），意大利外交官、侍臣，著有《廷臣论》，用对话体描述文艺复兴时期理想的贵族和廷臣的礼仪。——译注

第一讲　真诚：起源与兴起

对话里，那个理想的廷臣，那个完美的人，其性格已经得到了充分的描绘。由于高贵的出身，由于他为美而付出的艰苦学习与劳动，他的举手投足应该达到怎样的标准，都被规定好了。在这些都没有异议了以后，一位名叫西格诺·渥塔维阿诺的廷臣提出了一个令人不安的问题，这整个塑造完美自我的事业是否像创造一件艺术品一样值得认真对待。渥塔维阿诺问，我们如何能知道，这些需要精心雕琢的风度魅力不至沦为仅仅是轻浮、自负甚至是缺乏男子气？他说，只有为了某个美好严肃的目的而讲究风度魅力的行为才是值得称赞的。但接着渥塔维阿诺自己发现，确实有这样的目的。完美的廷臣对他的君主很有吸引力，因此他可以直言不讳或差不多直言不讳地告诉君主——"以得体的方式"——君主的举止在哪些方面不合体统，却不会因此而失宠。[1] 1518年的意大利，只有风度魅力优雅迷人的人才能够对君王直言不讳。在一百年后的英国，直言不讳的唯一条件是，他确信有道（the Word）要讲。莎士比亚在他那部近来常被视为他最伟大作品的剧作中，对直言不讳给予了相当的重视，并用多种变奏的方式重复着这个主题。[2] 对此我并不想强调，但显然它对这个时期的政治文化发展

---

[1] 卡斯蒂廖内：《廷臣论》（Baldassare Castiglione, *The Book of the Courtier*, trans. C. S. Singleton, New York: Doubleday Anchor, 1959），287—295页。
[2] 特里林这里所说的是莎士比亚的《李尔王》。——译注

具有相当重要的意义。天性贤淑明礼的考狄利娅,举止与卡斯蒂廖内提倡的文雅教养恰恰相反的肯特伯爵,弄人以及康华尔的那个令人吃惊的仆人,这些受称赞的形象恰好成为英国不同等级直言不讳者的代表。[1]

当然,英国的统治性质已经发生了变化。加尔文教的牧师在对君王直言不讳时,他们的道德权威和知识权威既来自他们与神圣的道之间的关系,也来自他们的另外一个认识,即人民这个多数人的统治者可以接受直言不讳的道,人民是他们评判社会时的听众。他们对道的信赖既得到了内在的许可,也得到了外在的许可。

诚然,内在的许可是无法证明的,但其可能性却可以实现。如果一个人就一些重大事件公开发表他个人的看法,那他的唯一权威就是自身经验的真实性和他对启蒙信念的坚定程度,这些都是清晰可辨的,包括他真诚的语调。因此,自传在这个时期的英国开始兴起就不会令人惊讶了。正如德拉尼所发现的,自传虽然绝不仅仅属于新教徒,但却是新教徒最主要的文类。最早的一些自传并不复杂,它们只是宗教经验的零散记录。但后来的自传开始执着于对内心生活做更彻底的检讨,意在

---

[1] 考狄利娅、肯特伯爵、弄人以及康华尔的那个令人吃惊的仆人都是《李尔王》的主人公,他们地位各异,但都对李尔王十分忠诚,并且直言不讳。值得一提的是那个无名的仆人,在康华尔剜去葛罗斯特的一只眼睛后,他明确反对主人的暴行,并挥剑刺杀他的主人。——译注

让读者接受这样的结论，即写作者无论如何都不会欺骗他人，因为他始终忠实于他自己，过去是，现在仍是。[1]卢梭的《忏悔录》其成就当然非早期的英国自传所能比拟，但仍然跟它们一脉相承。《忏悔录》不是无端之作，卢梭煞费苦心要向人们证明，他有权直言不讳，有权质疑社会的方方面面。任何对卢梭的思想反响积极的人必定要问，如果这些思想没有得到《忏悔录》的背书，它们是否会对我们构成同样的影响。这部杰作所描绘的那个人可能会让我们反感，但《论科学与艺术》《论人类不平等的起源和基础》等论文的作者对我们的影响却很大，因为他是《忏悔录》的传主。他是一个人，他受苦，他在那儿。

自传写作的冲动可以说真切实在地定义了历史学家们所说的心理变化。也就是说（虽然我们厌恶这样说，因为这已是老生常谈，根深蒂固，是我们所学到的第一个心理—历史概念），这时涌现出（这个动词在这种时候不断重复，让人生厌）的新型人格乃是我们所说的"个体"：在历史的某个时刻，人成了个体。

孤立地看，这种说法是荒谬的。一个人如何不同于一个个体？在某一天之前出生的一个人难道没有眼睛吗？难道没有五官四肢、没有知觉、没有感情、没有血

---

[1] 参见德拉尼的《17世纪的英国自传》。

气吗？你扎他，他也会流血；你挠他，他也会发笑。但是，在他成为一个个体之前，有些东西是他不具备或不会做的。他没有历史学家乔治斯·格斯道夫所说的内空间意识。[1] 用德拉尼的话说，他不会想象自己有多个角色置身于他自身人格之外或之上。[2] 他不会想到，他能够成为其他人的关切对象，而这不是因为他有什么值得注意的成绩，也不是因为他是重大事件的见证人，而只是因为他是一个个体。当一个人成为一个个体的时候，他便越来越多地生活在私人房间里。但历史学家没有说明，是私密成就了个性，还是个性需要私密。[3] 个体凝视着镜子，这些镜子比先前展示给官僚大员们的更大、更明亮。法国精神分析学家拉康认为，"我"的发展因

---

[1] 乔治斯·格斯道夫：《自传的前提与限制》（Georges Gusdorf, "Conditions et limites de l'autobiographie", in Formen der Selbstdarstellung, ed. Reichenkron and Haase, Berlin, 1956, p. 108）。

[2] 德拉尼：《17 世纪的英国自传》，11 页。

[3] 参见克里斯托弗·希尔的《革命的世纪：1603—1741》（Christopher Hill, The Century of Revolution: 1603-1741, London: Nelson; New York: Norton, 1961），253 页。"在我们的时代里，一切都通向个人主义。境况较好的农民家里房间多了，窗户用上了玻璃（奥布里说，这些东西对登录不动产保有权者和一般贫民来说，只是到英国内战以后才变得普通寻常）；壁炉里用上了煤炭，椅子代替了长凳——所有这一切起码让上层人士有可能过上非常舒适而私密的生活。私密促进了激进的清教徒的内省和灵魂探索活动，促进了日记写作和精神记录活动。"希尔所说的时代是 1660—1680 年，是清教主义运动失败后的时期。

第一讲 真诚：起源与兴起

为镜子的制造而进步。[1] 但人相信他是"我"的信念是威尼斯工匠学会如何制造平板玻璃后的结果呢,还是对镜子的需求刺激了这种技术进步呢,这一点不得而知。如果这个个体是艺术家,他会画自画像;假如他是伦勃朗,他会画上六十多幅自画像。[2] 他开始把"自我"这个词不再仅仅用作反身代词或加强语气词,而是作为一个有自主性的名词,其所指即《牛津英语词典》中所说:"一个人真正地、本质上之所是(相对于外加的而言)";即他必须珍视自身,并诚实地向世界展示自身。自传的传主就是这样的自我,他决意完全真实地展示自己,也就是说,决意证明他的真诚。他认识到他的个性是独特的,有趣的,他有揭示他自我的冲动,他要证明自我有值得崇敬、信赖的东西。我们认为,这就是个体在面对新近出现的观众意识时的一种反应,是他面对社会所创造的大众时的一种反应。

---

[1] 拉康:《作为自我功能形式的镜子阶段:精神分析经验所揭示的一个阶段》(J. Lacan, "Le stade du miroir comme formateur de la fonction du je, telle qu'elle nous est révélée dans l'experience psychanalytique", *Revue française de psychanalyse,* vol. xiii, 1949, pp. 449-455)。关于镜子对个性感发展的影响,格斯道夫在其著作的 108—109 页有所论述,希尔对此问题的论述见《革命的世纪》,253 页。
[2] 德拉尼谈到了镜子、自画像与自传之间的关系,见德拉尼的《17 世纪的英国自传》,12—14 页。

第二讲　诚实的灵魂与分裂的意识

**THE HONEST SOUL AND
THE DISINTEGRATED CONSCIOUSNESS**

1

一旦开始研究真诚问题,我们马上就要涉及公共意见甚至政治考虑。这初看上去似乎令人惊讶,但稍加思考,就显得合情合理了。毋庸置疑,我们在思考真诚时,首先会认为这是一种个人的、属于私人生活的品质,它跟个体与自身、个体与其他个体之关系相关。但在近代史开始之初,一些欧洲国家的文化却对真诚十分关心,而这种关心又与一个重大的公共事件相连,即传统的集体组织方式被彻底颠覆,一个叫作社会的实体如今出现在人们的心中。我前面说过,社会的一个明显特征亦即区别于国度、王国甚至国家的地方就是,个体的人可以对它进行批判性的检查,尤其是那些以审视国家政体为己任的人,我们现在将这个阶层的人称作知识分子。他们检查社会的目的并不单单是要了解社会,而是要了解社会并对社会采取行动:他们认为,如果对某个特定社会做出了否定性的评价,那么就应该改革它。在形成这类评价时,真诚的观念就是至关重要的。真诚是一个评判的标准,它涉及以下三个问题:1. 进行评价的人是否真诚,这一点没有什么疑问,是显而易见的;2. 一个社会所宣称的准绳与其实际做法相对应的程度;3. 一个社会培育或败坏其公民之真诚的程度。

最后一点是狄德罗一部著作的主题,狄德罗与作曲家拉摩那不可救药的侄儿的伟大对话将始终在真诚观念的发展中占有特殊的地位。《拉摩的侄儿》的写作时间不详,应是1761年到1774年之间;出于谨慎的考虑,狄德罗在世时并没有将其出版。狄德罗的艺术保护人叶卡捷琳娜二世将他的书籍、手稿一起买了过去,《拉摩的侄儿》也在其中。1803年,有人偷偷抄录了这篇对话,并带出俄国,到了德国。它接下来的流传情形就有点传奇了,足以概述欧洲一个世纪的知识分子的生活。当席勒看到《拉摩的侄儿》时,他欣喜若狂,知道这是一部天才之作,立即将手稿带到歌德那里。对歌德来说,这不啻于一枚炸弹,他对这个对话很热心,并立即着手翻译。为了注释,他一头扎进18世纪的法国文学,阅读使他放弃了他在斯特拉斯堡求学时代曾对法国精神做出的否定性评价。席勒生命的最后几个月主要关心的就是歌德的翻译进展。译本于1805年出版,黑格尔阅读的就是这个译本,他在《精神现象学》中引用了这本书,并称赞其具有非凡的意义,是现代文化境遇、精神状况的范本。1869年马克思在给恩格斯的信中引用了黑格尔的评论片段（这一点我马上要谈到），并说他有两本《拉摩的侄儿》，他将给在曼彻斯特的恩格斯寄上一本，相信这部"无与伦比的作品"会带给他"新的享受"。[1] 弗洛伊德怀着强烈的崇敬之情阅读了《拉摩的侄儿》，他先后三次引用了其中最著名的段落，因为它直白简洁地说出了他的俄狄浦斯情结理论："如果让这个野孩子（也就是说，任何男孩）放任自由，他就会保存他固有的愚昧无知，并且把三十岁男子的激烈的热情和摇篮里的孩子的缺乏理性结合起来，他将来就会把他父亲的颈骨扭断，而和他的母亲睡觉的。"[2]

要简约而又准确地描述对话的主人公，这几乎是不可能的。当然，他性格的重要性正在于他的矛盾性。年轻的拉摩打破"体面人应当慎言"的禁忌沉默，至少在雷让思咖啡店跟狄德罗谈话的时候，他口无遮拦地说出了自己的一切欲望，因此我们很容易认为，他代表着弗

---

[1]《马克思恩格斯全集》第32卷，北京：人民出版社，1974年，283页。——译注

[2]《拉摩的侄儿》（本书有关该对话的引文，除特别注明外，一律采用江天骥先生的译文，见《拉摩的侄儿》，江天骥译，陈修斋校，北京：商务印书馆，1981年——译注）。关于弗洛伊德对此段的引用情况，请参见《弗洛伊德心理学著作全集》(*The Complete Psychological Works of Sigmund Freud*, London: Hogarth Press, 1963) 标准版第16卷（《精神分析引论》）第338页的编者注。

洛伊德的本我，是一个"冲动"的动物，淫荡，贪婪，像弗洛伊德所描述的本我一样，完全屈从于"无法抗拒的快乐原则"。这样看待侄儿似乎很是顺理成章，因为他的对话者是正直高尚的，对话中的狄德罗是理性道德的公然辩护人。但事实上，拉摩的行为并不是本我驱动的，它差不多完全处在自我（ego）的控制之下。他最关心的是自我保存，而弗洛伊德说，这是自我的重要任务。出于这样的关心，他关注着社会，或者说沉湎于社会，他渴望着社会的地位与权力。此外，他最渴望艺术上的成功。他的渴望部分是出于非利害的原因，部分则是出于由此而获得的恭维与富裕。他痛苦地嫉妒着他那著名的叔叔，苦于不得不生活在他的阴影之中。[1] 他自身的才能绝非无足挂齿，他对音乐的鉴赏是苛刻而挑剔的，他对全部音乐作品的把握是惊人的，如他所说，他通过艰苦的努力使他的手指在键盘和琴弦上弹拨自如。可是尽管他有一些禀赋，尽管他强迫自己接受严苛的自我训练，但他却必须承受一种现代人特有的痛苦，即认识到他不是一个天才。虽然他致力于自我的目标，他过人的才智也允许他实现这种目标，但他却几乎无法养活自己。他沦落为富人桌边的一个寄生虫，把全部的才智用于娴熟地谄媚逢迎，但就是这种悲惨的生活方式也无

---

[1] 他依旧是这样，可怜的人——企鹅版《拉摩的侄儿》封面使用的就是路易斯·卡罗基斯·卡蒙特利所画的伟大的拉摩肖像画复制品。

法让他成功。他热切地追求社会意义上的成功，却屡屡受挫，于是他就有了一种冷嘲热讽的虚无主义倾向，这压倒了一切审慎的考虑。他努力讨人欢心，但又难以自控地想要冒犯他们，结果自己成了这种冲动的牺牲品。他渴望得到尊敬，但更喜欢在公众面前自轻自贱。他的自我背弃了正常的功能，开始自我攻击，这表现为无法自制地做出滑稽小丑的姿态，并立即蒙羞遭辱，这样的行为方式后来经陀思妥耶夫斯基之手终于广为人知。狄德罗说："他是高傲和卑贱、才智和愚蠢的混合物……没有比他自己更不像他自己的了。"关于他的性格，人们进一步描绘道："多么怪诞、多么新奇、多么狰狞的怪物，多么混乱、多么矛盾、多么奇妙的天才！一切的审判官，愚蠢的懦夫；真理的武库，无常谬误的渊薮；世界的荣光，宇宙的渣滓。"[1] 当然这些话不是狄德罗说的，而是来自帕斯卡。狄德罗的对话继续深化了帕斯卡有关人的矛盾、人是他自己的对立面的认识。

法国马克思主义批评家吕西安·戈德曼称帕斯卡是"第一个现代人"[2]，他是说帕斯卡的思想是康德之后的那

---

[1] 帕斯卡：《思想录》(Pascal, *Pensées*, No. 258 in the arrangement of H. F. Steward's bilingual edition, London: Routledge; New York: Pantheon, 1950)，150 页。我用的是斯图尔德的本子，但不是他的翻译。
[2] 吕西安·戈德曼：《隐蔽的上帝》(L. Goldmann, *The Hidden God,* London: Routledge; New York: Humanities Press, 1964)，171 页及以后。

些德国思想家，尤其是歌德、黑格尔和马克思的思想的先声。我们更情愿相信这种说法是对的，因为他们三个人都觉得自己亲近狄德罗。如果说黑格尔在具体阐释现代人类学时选择以狄德罗而非帕斯卡为例，那么有一个原因就是，在《拉摩的侄儿》而不是在帕斯卡的《思想录》中，社会被更明确地理解为听任人类精神自由发展的领域。诚然，我们确切无疑地认识到，在阐述宗教生活所面临的困难时，帕斯卡认为，社会这一不断取得权威的概念是一个相当明显的威胁。但对帕斯卡来说，人的社会存在不过是他在宇宙中的异化的表现，而在狄德罗看来，宇宙之无限空间的沉默并不可怕，人们甚至听不到它。狄德罗认为，社会总的说来才是异化的根基和土壤，异化的人是社会的人。

在这部伟大的对话中，异化是实实在在的。它首先开始于主人公的名字，既然社会的本质如此，他就无法真正地拥有和成为他自己——他不是拉摩而是拉摩的侄儿。《牛津法国文学指南》费尽心机地向我们保证："拉摩的这个侄儿确有其人。"但《指南》像狄德罗一样不愿屈尊告诉我们他的教名，实际上他叫让-弗朗索瓦。这个侄儿提出的社会理论是以他对个体与实际自我之系统性分离的认识为基础的。他告诉我们，社会性的存在不过是一种表演——每个人都按照社会舞谱的指派摆出这个或那个"姿态"。他存在的本质是模仿，靠着这个技艺，侄儿向我们展示他赖以为生的舞蹈。

于是他开始笑起来，模拟着谄媚者、恳求者和献殷勤者的姿态；他右脚在前，左脚在后，背弯下去，头抬起来，眼睛似乎注视着他人的眼睛，口微张开，胳膊向着某一对象伸出去；他等候着命令，他接到了命令；他像箭一样跑开；他又回来，命令已执行了；他报告经过情形。他注意着一切的事情；他捡起掉下来的东西；他把一个坐垫或一个踏脚凳放在某人的脚下；他端着一个茶托，他拉来一把椅子，他打开一扇门；他关起一个窗；他放下帐幔；他端详着主人和主妇；他站着不动，两臂垂下来；两腿凑拢来；他留神听着；他努力去察看脸色；然后他接着说："这就是我的哑剧，跟所有谄媚者、朝臣、仆人和乞丐的哑剧大致一样。"最后的结论（狄德罗和侄儿都同意，对话的"我"和"他"都同意）是，社会中的每个人都无一例外地扮演一个角色，做出一个"姿态"，跳着他的舞蹈，甚至国王也如此，"国王在他的情妇和上帝面前作姿态，他表演他的哑剧步法"。

每个读过《拉摩的侄儿》的人都会注意到它的矛盾。这个对话的第一个目的是对社会进行直截了当的、否定的道德评价，这一点我已经强调指出。它揭露了作为社会之基础的伪善原则，证明装模作样的社会存在必

³² 将导致人的正直尊严的丧失。但这并没有什么新意，它是一百多年来法国道德家们的主题，而且即使我们姑且承认（我们乐于这样做），狄德罗是以非凡的戏剧性力量向社会提出这个道德问题的，它本身也无法说明对话何以能给19世纪如此众多的伟大人物以发现的快感，而且这种快感后来还不断地施与一些相对次要的思想者们。我们倒是应该根据它的第二个目的来解释《拉摩的侄儿》的魅力，这个对话是想告诉人们，道德评价不是终极评价，不应该仅仅局限于狭隘的善恶领域来理解人的本性与命运。这样，我们的感觉就扩大了，我们有了一种愉悦的解放感，它是这个对话赋予我们的。不管怎样谴责这个充满自信欺诈的社会、大金融家、他们的妻子、与他们私通的年轻的女演员和歌手、廷臣甚至国王是如何的追逐私利、两面三刀，有一个人，那个侄儿，却超越了各种道德范畴及其所支配的评价。作为对话配角的狄德罗在尽力屈尊迁就的同时指责他缺乏道德承诺，但我们知道，作为对话作者的狄德罗却完全允许我们由衷地喜爱这个侄儿，他不仅是一个真实的人，而且是人性的一个面向，我们愿意相信，他代表着人类精神、活力、期盼、欲求中所固有的自由，代表着意识本身及其无限矛盾之中所固有的自由。对话的高潮，或者说主人公存在的高潮，是在拉摩讨论新式歌剧胜过老式歌剧的时候。由此他开始了最出色的模仿展示，因为他

开始成为歌剧,扮演整个艺术——这个音乐的普洛透斯[1],或者说巴汝奇[2],用各种声音和方式模拟所有的乐器,扮演所有的角色,描绘所有的感情。这令人惊奇的表演表明了这样一种思想,人真正的形而上的命运不是表现在道德中而是表现在艺术中。一个世纪后,尼采将这一思想表达了出来。

不过,如果说《拉摩的侄儿》吸引我们的主要是这第二个目的,正是这个目的成就了这部天才之作,我们却不应该因为这种特别的愉悦而轻视了它的第一个目的。这个对话对社会中的人所做的道德评价最终并没有被拒斥,而是与其矛盾性共存。道德范畴可以被超越,这一观念的力量正有赖于这种道德评价的效力和分量,而且也正是侄儿在否定道德范畴的同时将它们召唤了出来——道德评价是以拉摩对社会行为的准确观察和他无耻地展现自身的羞耻为基础的。

2

当黑格尔在《精神现象学》中对《拉摩的侄儿》做

---

[1] 普洛透斯是希腊神话中的海神,能随心所欲地改变自己的面貌。——译注
[2] 巴汝奇是法国作家拉伯雷《巨人传》中机智而胆小的文学形象。——译注

出重要的评论时,他遵循的是对话的第二个目的并将之阐发到极致。像狄德罗一样,他也认为人的本性和命运最终不应该用道德术语加以描绘,但他不承认是受了狄德罗的影响。确实,他似乎已经让自己相信,对话强调的完全是第一个道德目的,他对这种缺点给予了批评。在我们将要分析的《精神现象学》的这一部分[1],黑格尔认为道德评价完全是倒退,是正确认识人类精神的障碍。在他看来,侄儿的性格特征没有什么是可指责或感到悲哀的。那些在任何一个读者看来理所当然是拉摩性格的缺点的东西,是要被原谅或"认可"的东西,在黑格尔看来却是积极的因素,具有最高的意义,是精神,即 Geist 发展的必要条件,也就是说,是心灵在自我定义时(它意识到自身)的必要条件。歌德的译本出版的时候,《精神现象学》正在写作过程中。在歌德的文本中,侄儿被称为"自身异化了的精神",黑格尔在标题为"自身异化了的精神"的一章中将这个形象选为主要的神灵。黑格尔认为这个侄儿是发展中的精神到了现代阶段后的典型形象,并以一个宗教祭司般的喜悦欢呼他的光降。[2]

---

[1] J. B. 贝利翻译的《精神现象学》,509—548 页(中译本见贺麟、王玖兴翻译的《精神现象学》下卷,北京:商务印书馆,1979 年,38—79 页。读者在阅读以下特里林的论述时,有必要参考阅读《精神现象学》的相关部分。——译注)。
[2] 黑格尔在评论这个对话时根本没有提到它的书名、作者及主人公的名字。在贝利的译本中,黑格尔所说的这个作品是以脚注的形式被标示的。

众所周知,《精神现象学》是晦涩难懂的,这里我不便也不敢企图复述黑格尔所描绘的自我异化的全部复杂过程。但也许可以在这个巨大的迷宫中开辟出一条小路来,以便让那些初来乍到者起码能够有一点自信走下去。这一章的词汇与全书的词汇风格有别,这为我们指明了方向——在黑格尔的那些个性独特、歧义丛生的语汇中,我们欣慰地发现某些词具有相似性,比如"高贵意识""卑贱意识""服务""英雄主义""阿谀",以及由最后两个词组合而成的、奇怪但不失机智的短语,"阿谀的英雄主义"。我们察觉到,黑格尔是在用这些词来描绘一种历史发展过程,它是抽象的、具有范式意义的,又是具体的、现实的。就其是具体的、现实的而言,它跟文艺复兴及启蒙时期的社会及文化发展有关,也跟我们这个时代相关,这点是显而易见,不容忽视的。

黑格尔着力阐释的历史进程是精神的自我实现,它通过个体与外部的社会权力之不断变化的关系来实现,这种社会权力有两个方面,即国家的政治权力和财富的权力。在他所描述的这个进程的最初阶段,个体的意识据说是和外部社会权力完全和谐的,个体意识认定它与后者是同一的。在这种关系中,个体意识对外部权力是黑格尔所谓的顺从的服务,它对其怀有一种"内在的尊敬"感。它的服务不仅是遵从,还是缄默的、未经推断的、理所当然的，黑格尔称之为"不声不响的服务的英雄主义"。个体意识与外部社会权力的这种完全的、没有述说的一致据说具有"高贵意识"的品质。

但是，个体意识与国家权力和财富权力的和谐关系并非注定是持久的。黑格尔说，精神的本质是寻求"自为存在"，也就是说，精神要从诸限制性条件中解放自身，坚决争取自为。当精神"顺从地服务"或"内在地尊敬"自身之外的事物时，它同意否定自身的本质。如果要实现自我的现实化这一本来命运，精神就必须结束它与外部社会权力的同一状态。在结束这种"高贵意识"的关系时，个体意识走向黑格尔所说的与外部权力的"卑贱意识"关系之中。

这种变化不是立即完成的。在个体意识与国家权力、财富权力之间从高贵意识关系发展到卑贱意识关系的过程中，存在着黑格尔所说的"中项"。在这个过渡阶段，"不声不响的服务的英雄主义"自我修正，不再不声不响，而是变成述说的英雄主义，黑格尔称之为"阿谀的英雄主义"。也就是说，个体开始意识到他与外部社会权力的关系。他意识到他选择了维持这种关系，他还意识到诱使他做出这种选择的审慎原因——实际上，"阿谀"是他选择的依据，个体根据外部权力（大概是一个君主）的德性而进行阿谀。我们可以设想，黑格尔心中想到的是宫廷贵族与路易十四之间的关系。显然，意识和选择表明，个体意识与外部社会权力是一种义务关系而不是认同关系。

通过修正与外部权力的"高贵意识"关系，个体实际上开始了对抗外部权力的"卑贱意识"，过去服务、尊敬的对象现在则怀着怨恨与痛苦去看待。黑格尔对这种新的态度给予了明确的描绘："它（即个体意识）视国家的统治力量为压迫和束缚自为存在的一条锁链，因而仇视统治者，平日只是阳奉阴违，随时准备爆发叛乱。"而个体自我与财富的关系更加卑贱，哪怕仅仅出于它那种标志性的矛盾态度——自我对财富又爱又恨，借助财富自我"得以享受其自己的自为存在"，但它又发现财富与精神的本质不同一，因为精神的本质是持存性，而享受则是变灭的。

如此描述的进程是一种不愉快的事态，但黑格尔论断说，这绝不是可悲的。他意在让我们明白，从"高贵意识"到"卑贱意识"的运动不是退步而是进步。黑格尔非但不谴责"卑贱意识"，反而为之欢呼。他说"卑贱意识"导向并且因此就是"高贵意识"，从而混淆了我们的认识。如此专横地颠倒通常的意思，意欲何为呢？

答案也许始于这样一个认识，即"高贵""卑贱"虽然已经被等同于道德评价，但它们最初表示的并不是道德律的概念，不是什么一般的、命令的甚至具有超凡权力的规范性或禁止性符号，在这种规范性或禁止性符号面前，判断一个人的正确行为与错误行为的主要标准就是他的行为对他人造成的后果。相反，这两个词用于某个时期的统治阶级关于个人存在的理想，这种理想的精神特质不在抽象的正确举止的观念，而在有个性风格的受称许的举止的观念。与这种精神特质一致就是高贵的，不相一致或与之相违背就是卑贱的。高贵自我并不取决于对他人有所裨益的意图，而完全在于自身，它在风度举止上表现的是属于其社会身份的特权和职能，由此而具有的道德的善只是附带产生的。我们可以认为，在高贵自我的形成过程中，过去被视为与军事生活相切合的那些品质发挥了决定性的作用。高贵自我面对着棱角分明的世界，其目标是被明确认知，并公开声言的。它的意识不存在什么分裂，它自成一体。同样，卑贱自我也是一种社会处境的表现，它首先表现于某种其特有的行为举止（人们认为这些行为举止是卑贱的，或者应该是卑贱的），最后则表现于它用以达到谋取私利之目的的手段上，这些手段超过了人们认为与其社会地位相适应的底线。这些目的唯有借助隐秘的手段才能实现，因此就是羞耻的。卑贱自我的意图与它的公开表白是不一致的。但正因为卑贱自我不受高贵特质的控制，它就起码获得了一定程度的自为，因此就实现了精神的本质。在拒绝顺从地服务于国家权力和财富权力时，卑贱自我失去了自身的统一，它的自我是"分裂"的，自我与本身"异化"。但因为它从强加的诸条件中脱离，黑格尔认为它就取得了进步。他指出，自我的"自为"存在"倒反是自身丧失"。这句话还可以反过来说："自我异化倒反是自我保全。"

正是根据精神的这种现象学历史，黑格尔对狄德罗对话中的"我"与"他"做出了毫不妥协的宣判。黑格尔对这本书的理解不同于一般读者。普通读者往往会充分考虑两个对话者在性格、观点上的应有区别，同时又会顾及他们相当程度上的一致性，从而无法把这个对话看作是二者之间不可调和的讼争。但黑格尔不然，他裁决时完全站在拉摩一边，并彻底反对狄德罗。

在谈到狄德罗/"我"的时候，黑格尔称他为"诚实的灵魂"或"诚实的意识"。这也许是一种值得赞美的灵魂，一种好的意识，我们也更乐于这样认为，因为我们崇敬狄德罗其人。但黑格尔却无意赞美，限定语"诚实"是在这个词旧的、纡尊降贵的意义上使用的，含有心灵及力量有局限的意思。狄德罗/"我"的"诚实"激起了黑格尔的烦躁和嘲讽，这种"诚实"存在于他自身的完整性之中，存在于他与他物关系的直接一贯之中，存在于他对传统道德的屈服之中。精神有逃离周遭的诸条件限制、进入由它自身主宰的存在状态的冲动，但狄德罗/"我"却不是这种冲动的体现。

第二讲　诚实的灵魂与分裂的意识　　051

说得简单一点，黑格尔之所以谴责狄德罗/"我"，因为他是"高贵意识"的表现。也许我们完全可以这样说，尽管存在许多顾虑，会让我们觉得用这样的词句是不恰当的。狄德罗/"我"所表现的那个自我、灵魂或意识与传统的高贵阶级根本没有亲缘性，而与其个性跟贵族正相反对的那个阶级的生活观相一致。狄德罗其人跟狄德罗/"我"有非常明显的联系，他轻松随便，聪明敏感，口若悬河，穿着羊毛袜，长年辛苦地投身于那部伟大的《百科全书》的编撰工作，这是一项旨在终结一个阶级之权力的事业，而高贵意识的理想就来自这个阶级。这些都对，但面对明显的矛盾，我们还是可以说，狄德罗灵魂的"诚实"，是黑格尔将之与高贵的生活观相联系的那种诚实。这种生活观在莎士比亚的后期剧作，即我们称为"传奇剧"的作品中有充分的表现。

我举出这些剧作，是想揭示某种最简单的东西：这些剧作所提出的生活标准不过就是秩序、和平、光荣和美，这些品质是在某些物质条件下实现的，并依赖于这些条件。那些为这些剧作之标准生活观注入活力的希望差不多就是最基本的东西，简单到了令人惊异的程度，就是腓迪南在《暴风雨》中所说的，他希望"平和的日子、美秀的儿女和绵绵的生命"。在普洛斯彼罗组织的假面剧中，朱诺又把它再次表述为："富贵尊荣，美满良姻，百年偕老，子孙盈庭。"[1] 它与落穗满地、积谷盈仓有关，也与敦厚礼貌相连，这是本琼生在彭斯赫斯特[2]，马韦尔在阿普尔顿府邸[3]所看到并欢呼的，是叶芝为他女儿未来的婚嫁所祷告的[4]。

提到叶芝，我们想起那个终生困扰着他思想的社会事件，即平民民主对古老贵族精神的胜利。这一胜利的进程很早就开始了，远在叶芝开始为之苦恼之前，许多人就已认为它大局已定，无可置疑。不过，虽然古老的精神被打败了，但它的力量显然并没有立即丧失殆尽，而是在19世纪甚至20世纪继续发挥其重要的影响，这一点特别表现在英国人的生活中，但其他国家的生活也不例外。在英法有教养的中产阶级阅读的小说中，有一

---

[1] 莎士比亚：《暴风雨》，第四幕第一场。——译注
[2] 本琼生（1572—1637），英国剧作家、诗人。彭斯赫斯特是锡德尼家族的一个庄园，本琼生在这里看到了主人与雇工、人与自然和谐共处的景象，于是写了一首诗《致彭斯赫斯特》加以赞美。有人称该诗为17世纪英国田园诗的开山之作。——译注
[3] 马韦尔（1621—1678），英国玄学派诗人。阿普尔顿是费尔法克斯的府邸，马韦尔的诗歌《在阿普尔顿府邸》像本琼生的《致彭斯赫斯特》一样，借描写这座府邸及其历史，称颂主人的谦逊。——译注
[4] 叶芝54岁时，他的女儿安·勃特勒·叶芝出世，欣喜之余，叶芝写了诗歌《为我女儿的祷告》，诗篇的最后几句是："愿她的新郎把她领到家去，/ 那里，一切都合乎习惯、礼仪；/ 因为骄傲和仇恨只是商品，/ 任人大声叫卖在市中心。/ 除了在风俗和礼仪之中，/ 哪里还能生出天真和美？/ 礼仪，是丰裕之角的称谓，/ 风俗，是繁茂的月桂树的姓名。"该诗见于叶芝《丽达与天鹅》，裘小龙译，桂林：漓江出版社，1987年。——译注

第二讲　诚实的灵魂与分裂的意识

些年轻的男主人公，他们相信一种叫作幸福的生活状态。要获得这种状态，就要获得某些现世的东西，它们类似于莎士比亚的传奇剧所描绘的美好生活的那些要素，包括与尽可能像潘狄塔、米兰达[1]那样的年轻女子结婚。想象此类目标并争取得到这些东西的那个自我就是——或者至少开始是——黑格尔所说的那种"诚实的灵魂"或"诚实的意识"。

19世纪及我们所处时代的早期，最优秀的小说家们对这种古老的高贵生活的幻想能否实现是心存疑虑的。但尽管巴尔扎克、斯汤达、狄更斯、特罗洛普、福楼拜及亨利·詹姆斯对这种生活幻想的现实遭遇将信将疑，他们仍然珍藏着这个可爱的梦，并为之讴歌。年轻的詹姆斯·乔伊斯给了它一个名字，既是说它不合时宜，也是说它有魅力——他说他渴望走进"公正的人生法庭"。这种怀旧的说法令人想起已经消逝的贵族制度，乔伊斯的言下之意是，他青年时代的那个世界仍然能够给人以幻想，能够提供秩序、和平、光荣、美之类的东西。从前对物质制度、社会制度的信任以及随之而来的幸福正是道德生活的基础，过去的小说家们就是这样说的——渴望走进公正的人生法庭是道德事业的开始，而一个人在其中的为人就是道德所关乎的内容。

1　潘狄塔是《冬天的故事》中流落民间的西西里公主；米兰达是《暴风雨》中前米兰公爵普洛斯彼罗之女。——译注

毋庸赘言，在我们今天的文学中，根本不存在这种生活理想中的秩序、和平、光荣与美之类的标准。我们或许可以从它的缺席中看到它的在场：当代文学的特征就是痛苦而轻蔑地拒绝这一标准，由此我们可以认为，这是对理想不可能实现的一种绝望的表达。但这种拒绝也是没有必要的；黑格尔会说，拒绝是精神在寻求自我实现时做出的自由选择。

认为我们当下的生活完全是在拒绝接受古老的理想标准，这种看法当然荒诞不经。作为操持家务的家长主妇，我们在日常生活中忠诚于这种标准，甚至为之战战兢兢，丝毫不敢懈怠。但作为读者，作为自觉建构社会生活的参与者，我们却倾向于站在相反的立场上。例如，当杰出的小说家索尔·贝娄试图通过他的主人公摩西·赫索格[1]对否定古老理想的流行做法加以质疑，并捍卫有收获、有成就的生活之价值的时候，人们的反应却是尴尬不安的。我们的反应无疑更甚，因为我们在贝娄本人那里也发现了某种尴尬不安，这是由于他足够准确地认识到，在反驳公认的态度时，他陷入了糟糕的境地，人们指斥他庸俗，说他是光明之子行列中的逃兵，是精神的叛徒。一个当代人竟然用这种方式来评价精神生活，我们认为这是对我们的现实感受的公然冒犯。可

---

[1] 摩西·赫索格是美国小说家索尔·贝娄《赫索格》中的主人公，是一个敏感善良、学识渊博但精神苦闷的知识分子。——译注

是，当我们在莎士比亚的传奇剧中碰到这种评价方式时，我们却欣然接受，甚至觉得很迷人。莎士比亚不加任何掩饰地用物质制度、社会制度以及其他据说可以保证秩序、和平、光荣与美的东西来作为精神生活的标志，作为评估内在条件是否齐备的标准。他根据各种状态与行为来看待自我，这些状态与行为往往意味着成就与报偿，比如天真之类的状态，比如悔改与弥补之类的行为，比如救赎之类的成就与报偿，"接下来就是清白的人生"，甚至——多么惊奇——幸福。[1]

当黑格尔纡尊降贵甚至语含轻蔑地谈到狄德罗/"我"时，他要推翻的就是这种生活理想。黑格尔拒绝"诚实的灵魂"，因为它是由它与外部社会权力及那种权力之精神的"高贵"关系来界定、限制的。高贵意识在狄德罗/"我"那里已经资产阶级化了，但其含义却没有发生根本的改变。而我认为，当下至少作为读者的我们基本上是与黑格尔的评判保持一致的。我们拒绝古老的贵族生活理想，因为我们想脱离它所强加给我们的限制性条件。我们追求的是自由，这是在一种严苛的精神事业中

---

[1] 如果我们在讨论《精神现象学》的时候来谈《暴风雨》，我们就几乎不可能不注意到，这个剧作还有一些成分跟黑格尔的理论阐述有着惊人的联系——凯列班这一"卑贱意识"之所以博得现代观众的同情，不仅因为他可怜，而且还因为他所隐含的"高贵意识"，这是通过反抗奴役表现出来的；爱丽儿想成为完全自主自由的精神，他的渴望最终实现了。

所能发现的自由，在《精神现象学》的英译本中，这种精神事业被叫作"文化"（culture，或译为"教化"）。

"文化"对应于黑格尔的"Bildung"。1910年，当J. B. 贝利的译本首次出版时，马修·阿诺德所确立的"文化"一词的含义仍有很大的影响力，贝利充分利用了这一点。他这样做很有道理，因为阿诺德在将文化界定为个体通过积极体验"人类最优秀的知识和思想"而走向完美时，他头脑中显然是想到了Bildung的常用含义的。现在看来，Bildung的这一含义未免陈旧迂腐、道貌岸然，但这实际上并不坏，因为当初黑格尔就是想通过一个被神圣化了的词来表示大逆不道的行为，让读者大吃一惊。按照黑格尔独具一格的定义，文化是卑贱的自我的独特经验领域。它指的是这样一种活动，分裂的、异化的、混乱的意识以此来表现它与外部社会权力之间的否定关系，因此成为"真正客观的精神"，也就是独立自主的精神。文化中的卑贱自我的存在被描述为"普遍的述说和分裂性论断，它使一切陷于瓦解"。通过这种活动——的确足够卑贱——一切旨在"表示真实事物"的环节都陷于瓦解。那分裂性论断，那恶意的普遍述说，在黑格尔看来是"这种现实世界里唯一真正重要的东西"。

这种瓦解一切真实的活动虽然在精神的生涯中至关重要，却绝对不是愉快的活动。文化中的自我充满了痛苦的体验，它要求"舍弃和牺牲"。在翻译我们所讨论的《精神现象学》的这一部分时，贝利利用一个自由发挥的译法强调了文化的这个方面，他把黑格尔的 Der sich entfremdete Geist；die Bildung 译成"自身异化了的精神——文化"。按照黑格尔的理解，文化就是字面意义上的管教，它意味着有意施加的痛苦。通过承受文化的痛苦，卑贱的自我变得高贵，黑格尔说这事实上已经是高贵了。

但它的卑贱性是不容置疑的。在自我之历史发展的某个阶段，自我的真实性在于，它并不忠实于它自身，也不存在可以对其忠实的自我。对自我、对精神，真实就是欺骗和无耻。黑格尔说："精神所述说的有关它自己本身的那种话语，其内容，是一切概念和一切实在的颠倒，是对它自己和对于别人的普遍欺骗……述说这种自欺欺人的谎言骗语时的那种恬不知耻，乃是最大的真理。"因此，在黑格尔看来，值得敬重的并不是狄德罗/"我"，不是那个抱残守缺地爱着素朴的真理和道德、有着鲜明的自我、信守真诚的哲学家，而是拉摩，那个小丑，阿谀谄媚的寄生虫，不由自主的模仿者，他没有一个需要忠于的自我。正是这个形象，代表了精神向它下一个发展阶段的运动。

黑格尔对拉摩的崇敬、对狄德罗的嘲讽在对话进入高潮时也达到了顶点，这时拉摩在令人惊奇地进行他的歌剧表演，重要的是，他放弃了个体的自我身份，成为人类存在的一切声音，成为一切存在。

他把三十支曲子，意大利的、法兰西的，悲剧的、喜剧的，各种各样的，杂乱地混在一起；一忽儿唱着深沉的低音，他好像一直降落到地狱底下；一忽儿又高唱起来，用了假嗓，他好像把高空撕裂了一样，一面还用步伐、姿态和手势来模仿着歌中的各种人物；依次地露出愤怒、温和、高傲、冷笑的表情，一忽儿是一个哭哭啼啼的年轻姑娘，他扮演出她的一切媚态；一忽儿成了一个教士，一个国王，一个暴君，……一忽儿他又是一个奴仆，百依百顺。他沉静，他悲恸，他叹息，他笑……用膨胀地鼓起来的两颊，发出嘎哑而阴沉的声音，他是在演奏着喇叭和笛子；他发出尖锐的鼻音代替双簧管，他用难以相信的速度发出急促的声音来表现弦乐器……他吹着口哨便是小笛；他作鹧鸪叫便是横笛；叫着唱着，像一个疯子一样地摇晃着；自己一个人演着男舞蹈者和女舞蹈者、男歌唱者和女歌唱者的角色，演奏着整个乐队和整个歌剧团，同时分演着二十个不同的角色，跑着，停下来，好像着了魔的人一样的神情，眼睛闪闪发亮，口边流着泡沫……这是一个因悲痛而晕倒的妇人；这是为绝望所压倒的一个可怜人；一个高耸的神殿；日落时静默不语的飞鸟；在寂寥清凉的地方潺潺

45

流着的水，或是从高山上急流下注的水；一场风暴；一场雷雨；就要死亡的人的哀号和呼啸的风声、霹雳的雷声混合起来了；这是黑暗的夜；这是阴影和静寂，因为甚至静寂也可以用声音表现出来。他已经完全失去理性了。

狄德罗/"我"对这种登峰造极的模仿表演做了一个对立式的评价："我叹赏吗？是的，我叹赏！我感到怜悯吗？是的，我感到怜悯！可是在这些感情当中掺杂着一点嘲笑的色调，改变了它们的性质。"这个理性的人在这种令人吃惊的表演中能发现"完全的情感错乱和丑恶猥亵，还有同样的光明磊落和真诚坦率"，他要将可鄙的与可敬的辨别开，卑贱的与高贵的辨别开。在黑格尔看来，这恰恰表明"简单、温和的意识"处在不发达的状态。[1]

也许应该指出的是，在解读这部对话时，黑格尔给自己的发挥空间是很大的。他称赞拉摩的表演，因为通过放弃整一的自我身份，这种表演把精神提高到"意识

---

[1] 黑格尔所引用的狄德罗/"我"对拉摩表演的评价实际上是对话所表达的两种意见的拼合，其中只有一段（我引用的第一段）是针对伟大的歌剧表演的，另外一段针对的则是拉摩先前的模仿，当时他在表演一个皮条客，为一个有钱的主顾引诱一位资产阶级的小姐。（为了理解的一贯性，第二段译文与中译本《拉摩的侄儿》不同，基本上采用的是中译本《精神现象学》的译文。——译注）

生活的更高层次"。黑格尔说:"对自己的分裂性既有清晰认识,又明白地表现这种分裂——这是对特定存在、对整体的混乱以及对自己的一番讥讽嘲笑。"黑格尔对拉摩表演的描述是不准确的,拉摩的表演与其说是嘲笑,不如说是对它所展现的人类现象及自然现象的崇敬与热爱。与黑格尔的观点相反,拉摩的性格中其实没有多少恶意,他绝不同于陀思妥耶夫斯基笔下的那个地下人,他的表演正是对地下人所鄙视或假装鄙视的那些东西的公开捍卫,是对真、善、美的捍卫。在拉摩看来,这些构成了他所崇拜的三位一体,它是不可战胜的,对此他有着绝对的信念——他说,黑暗的力量永远征服不了它。黑格尔称他有着"音乐家的疯狂",但拉摩像狄德罗一样是一个有才智的批评家,当他陶醉般地展现了新艺术的力量以后,拉摩又认真地回到旧的音乐标准,对那些值得继续敬仰的要素进行抢救。作为一个文化的榜样,他在"瓦解"的时候其实是很温和节制的,他没有黑格尔所归咎于他的那般"混乱"。但应该注意,我们只是附带地说到黑格尔在处理狄德罗的作品时的这种自由发挥,对话其实不会受到这种发挥的伤害,甚至它也许还欢迎这样的发挥。

于是,在研究真诚问题时,我们这么早就碰到一个有着很大影响的思想家,他提出了一个令人沮丧的观念,即真诚并不值得我们尊敬。我曾经指出,真诚与随社会观念之兴起而发展的强烈的个人身份意识有着明显的联系，真诚被看作个体自主自为的一个要素，于是我们认为它是一种进步的德性。然而，如果从黑格尔的历史人类学出发，就必须从相反的观点来看待真诚，它是退步的，喜欢往后看，留恋于昔日的自我身份，处在自我与分裂之间，而如果自我要发展真正的、完全的自由，分裂就是必要的。

3

黑格尔的《精神现象学》辩证反复，其原理确实奥妙难解。但就有关分裂的、异化的及混乱的意识之认识本身而言，那个时代的读者并不陌生，它也是《少年维特的烦恼》的主题。歌德的这部广为流传的小说出版于1774年，恰好是人们推断的《拉摩的侄儿》写作时间段的最后一年。

维多利亚时代的英国人对这本书抱嘲弄的态度。在我的青春时代，年轻读者们也是这般态度。如今的年轻人是否仍是这样，这部了不起的著作现在的处境如何，我就不得而知了。乔治·亨利·刘易斯[1]曾谈到这部小

---

[1] 乔治·亨利·刘易斯（George Henry Lewes，1817—1878），英国哲学家、文学评论家和科学家，以其实证主义的形而上学发展理论闻名，著有《歌德的生平与著作》等。——译注

说在英国声名狼藉的情形——我个人对这部作品的最初了解就源于萨克雷的喜剧诗，说维特向"他愚蠢的脑袋开枪自杀"并"现身在她面前的百叶窗上"之后，夏绿蒂继续切着她的面包黄油。人们曾经热情非凡地接受这本书——整个欧洲都热爱它，在英国它也风靡一时，其热烈程度可以说丝毫不亚于在欧陆。但后来维多利亚时代的人发觉，他们有自己的工作要做，而维特最大的问题就是无事可做，据说德国的年轻人也是这样，因此他们都模仿他去自杀。19世纪开明的英国人对这部小说的看法是，它所传达的感情在小说产生的那个时代是合适的，但这些感情毕竟属于孩子气的东西，既然现在人们已经成熟了，它们就必须被抛弃。因此卡莱尔在《拼凑的裁缝》中曾谈起他过去对分裂的体验，但与维特不同，他抵制并战胜了这种分裂，理由他已经在书中交代了。卡莱尔说，维特的精神苦痛是真实合理的，但"别的时代和更高的文化"已经对此予以了排解疗救。

我们不会像维多利亚时代的人那样匆忙地下结论说，歌德这部青春小说的时代已经过去了。历史距离的拉大使这部作品离我们反比离维多利亚时代的人更近，时过境迁，我们不会像他们那样对过度的感伤较真以至于恼怒。撇开所有昙花一现的东西不谈，《少年维特的烦恼》像《拉摩的侄儿》一样坚实而恒久，在真诚的历史上它具有同样举足轻重的意义。

这个故事分两个部分。第一部分叙述的是主人公如何努力防止分裂的侵害，以保持一个诚实的灵魂；第二部分则讲他自由地选择了分裂。维特是上流资产阶级中的一员，年轻而有天分，为了了断一桩家务事，他到一个乡村愉快生活了一段时间，希望让遇到麻烦的感情得以平复。在给好友威廉的信中，他并没有说明他为什么心情沮丧，有时他称自己的这颗心是"寒栗的心"。这种状态与他给世人留下的印象是非常矛盾的——他表现得温柔得体，就像莎士比亚传奇剧中的一个年轻王子。尽管他是资产阶级出身，但却有着弗兰克·科尔默德在评价《暴风雨》时所说的那种"高贵的魔力"[1]，亦即他有着传奇剧赋予王室后代的那种俊美外貌，作为内在善的指征。在他早期的一封信中，维特写道："我不知道我有着怎样的吸引力，很多很多的人都喜欢我，迷恋我。"他对之一见钟情的夏绿蒂，那个"绿蒂"，也有着同样的魔力。但就绿蒂而言，她的个人魅力是和劳作、和她操持家务的活动分不开的。她的母亲刚刚去世，她帮父亲料理着家务，照顾许多的弟弟妹妹。她仪态优雅地忙着家务活，这种优雅与她跳舞唱歌的样子一样。弗罗利泽为潘狄塔的劳作所唱的赞歌也许是莎士比

---

[1] 弗兰克·科尔默德，《暴风雨》序言（Frank Kermode, *Introduction to The Tempest,* Arden Edition, London: Methuen; Cambridge, Mass.: Harvard University Press, 1961, p. liv）。

亚的戏剧中最可爱的篇章，维特在绿蒂身上发现的正是这种魅力：

> 无论你做什么事，总比已经做过的更为美妙。当你说话的时候，亲爱的，我希望你永远说下去。当你唱歌的时候，我希望你做买卖的时候也这样唱着，布施的时候也这样唱着，祈祷的时候也这样唱着，管理家政的时候也这样唱着。当你跳舞的时候，我希望你是海中的一朵浪花，永远那么波动着，再不做别的事。你的每一个动作，在无论哪一点上都是那么特殊的美妙；每看到一件眼前的事，都会令人以为不会有更胜于此的了；在每项事情上你都是个女王。[1]

绿蒂那被赞颂的，为她的弟妹们切面包抹黄油的活动发生在她即将去舞会之前，这样的情节可以说绝非偶然。她所料理的生活就像面包黄油一样简单而真诚，这刚好符合心情烦恼的维特的需要。这个地区的一切确实正合时令：维特发现了一个花园可以小憩，他被其单纯所吸引——"不是某位高明的园艺家，而是一颗敏感的心"布置了这个花园；他周围的大自然清新素朴，山峦

---

[1] 这是波西米亚王子弗罗利泽对恋人潘狄塔的赞美，见《冬天的故事》，第四幕第三场。——译注

起伏，密林幽深；他阅读荷马，陶醉于真实的家长制的生活场景之中；那里有许多孩子，他们乃真诚的化身，他爱他们，他们爱他；一个年轻的佣工敬爱着雇佣他的寡妇，他快乐地想着，他的感情会得到回报；绿蒂照料着病人、老人。生活虽有悲哀的一面，但优雅能够给人以抚慰。正如维特所说，某些快乐仍旧馈赠给了人类。他乐于拥有这种"诚实的灵魂"的状态，并在他所谓的发自肺腑的演说中反对乖僻，说这是一种疾病，是精神的怠惰，必须要用工作来疗治。

但维特说，他自己的热情却处在疯狂的边缘，他这样说是在赞美这些热情。这个古朴的世界，这个简单、真诚、井井有条的田园诗般的世界并不属于他。他对绿蒂的膜拜无法变成现实：婚姻对善良、愚蠢的文职官员阿尔伯特来说是合适的状态，绿蒂与他有婚约，他是无比诚实的意识；而对维特，婚姻就是镜花水月，因为他是寻求自由的精神。

在故事的第二部分，世界的这种本性好像随维特的异化而改变了。现在，世界不再适合也不再欢迎温和的意识、诚实的灵魂了。所有过去曾洋溢着古朴高贵气息的东西现在都分裂为卑贱，维特自身也失去了"高贵的魔力"，卑贱的世界拒斥他的魅力。作为公使的秘书，他常常与上流社会交往，这里的人尽管俗不可耐但却是货真价实的高贵人物。一次因为不留心（如他所说），他在一个房间里逗留了太久，贵族们要在那里举行他们每周一次的聚会，他们冷落并羞辱了他。这个事件虽然不是他绝望的原因，却是他绝望的开始。现在外部世界的一切都以其痛苦与混乱验证着他的内心状况。他获悉，曾经与他戏耍的孩子死了，孩子善良的父母陷入绝望；热情的青年农民爱情受挫后杀害了自己的女主人；牧师院子里的两株美丽的胡桃树被新来牧师的蠢老婆砍掉了。维特说："不，不，我注定振作不起来了！"就在那一天，他在地里碰到一个疯子。疯子说起他曾经幸福的过去。疯子的母亲解释说，那时他还在发疯，被关在疯人院。"他指的是他神志昏乱的那段时间……"那是他与他自身分离的时候。维特喜爱阅读的不再是荷马，而是莪相，那关于失败、阴暗、绝望的叙述让他手不释卷。在莪相的笔下，世界分裂瓦解，彻底幻灭无形。

维特相信，他所看到的这种生存的痛苦与混乱只能对他不断增长的烦乱负部分责任。小说第一部分的那个美丽世界被现在这个痛苦与虚妄的世界所取代，这并非出于他的感知，而是出于他的意志。现在的这个世界是他所选择的世界，就像后来天使们对浮士德所唱的那样，天使们也会对维特唱道："噢，噢，你破坏了美丽的世界。"和谐有序、行为有益于身心的世界是狄德罗／"我"的那个"高贵"世界，是简单的灵魂、诚实的意识、完整的自我的世界：只有这样的自我才会想象这样的世界，只有这样的自我才会欣悦于这样的世界，也只有这样的自我才能够投身于这样的世界。可维特却不能，因为正如黑格尔所说，这是一个体认到了必然性的世界，在这样的世界里，精神不会"自为"地存在。

当然，维特并没有通过分裂从而发现自由，他的自杀不是精神的胜利而是精神的失败。如果我们试图用黑格尔赞美拉摩的方式来解释他的失败，我们会说，他的异化走得还不够远，他不能自我超脱，而在黑格尔看来，正是这种超脱带给拉摩以胜利和意义。黑格尔说，这个侄儿值得崇敬，因为通过他，精神能够"对整体的混乱以及对自己本身进行讥讽嘲笑"。精神被表现为机智（esprit），思想（Geist）变成了风趣。维特不能体现这种孤注一掷的宇宙智慧，反讽与他的理解力无缘。他是一个完全真诚的人，即使在分裂时，他仍努力要忠实于他一定仍相信是他自己的那个自我。维特表现其真诚的方式是他的那身独特的装扮，这跟拉摩疯狂地表演各种角色相比就更有意义了，因为维特的这种装扮似乎没有改变过——每个欧洲人都知道，维特的衣着是深蓝色的外套，黄色的马甲和靴子，许多人都模仿这种打扮。歌德不厌其烦地向读者强调，维特就是穿着这身衣服自杀的。最终甚至到他失败的时候，维特仍坚定不移地保持一个真实的、单一的自我形象。毁灭他的恰恰是这种固执。他是一个分裂的意识，却顽固执着于单纯的、诚实的灵魂。

ated performed by 第三讲 存在的感受与艺术的感受

THE SENTIMENT OF BEING AND
THE SENTIMENTS OF ART

1

黑格尔在《精神现象学》中对自我的两种历史模式——"诚实的灵魂"与"分裂的意识"——的描述非常贴近我们现代的文化境遇,这一点一目了然,无可争辩。可是,对研究现代文化的英语学者来说,黑格尔的思想实际上并没有市场。知识界的这种奇怪状况也许用偶然的因素就可以解释,而不必扯到什么思维定式,说什么存在一种抵制黑格尔思想的倾向。众所周知,《精神现象学》总的说来是非常晦涩的,黑格尔的声誉在英美学术界也因此受到一些连累。可实际上,下面所说的情况,很可能说明我们是倾向于接受这类思想的。在过去五十年左右的时间里,尼采的《悲剧的诞生》备受欢迎,人们对阿波罗精神及狄俄尼索斯精神的说法反应也很积极。尼采的这两种精神当然并不是自我的历史模式,而是艺术及存在的永恒模式,但是它们显然与"诚实的灵魂""分裂的意识"有着血缘关系,因此既然人们能够接受这两种精神,他们也应该可以发觉,黑格尔的概念同样是有说服力的。阿波罗精神考虑的是积极肯定的目标,有着明确的理性与秩序,它跟光明、视觉及造型艺术相连。狄俄尼索斯精神则是否定的精神,致力于打破樊篱与差别,它对快乐、痛苦无动于衷,它的善就是迷狂,是要消灭个体化的自我。它的独特艺术形式是音乐,或至少是那些压倒并消解自我感的音乐。

当我们试图追踪自我的历史时,我们当然清楚,我们面对的是幽暗土地上的阴影,我们在下断语时必定如履薄冰,结论也只能是猜测性的。不过,我们还是有几分自信地认为,当今时代,"诚实的灵魂"与"分裂的意识"之间的冲突已经趋于公开,阿波罗精神与狄俄尼索斯精神的那种古老的辩证关系也已经改变。我们合理的怀疑并不能让我们完全无视这样一种迹象,即人们对自我的认识一直处在剧烈的修正之中。其中一个值得注意的情况就是,过去人们很看重个体化的自我,可如今这种价值观却日趋淡漠。现代读者面对《悲剧的诞生》很少会真的相信尼采的那种说法,即悲剧是阿波罗精神与狄俄尼索斯精神真正辩证统一的结果。现在一般认为,狄俄尼索斯才是这部论述的主人公,是对悲剧有重要影响的神,而阿波罗则是一个令人生厌的次要角色,只是纠缠于形式上的细枝末节。尽管尼采明确警告我们不要抱这样的偏见,但他自己倒应为此承担部分责任,他发现狄俄尼索斯精神后的那种兴奋感染了读者。

对最近几十年艺术活动的任何富有洞见的描述都要谈到"诚实的灵魂"所遭受的某种失败。怀利·西弗在《现代文学艺术中自我的丧失》一书中就此进行了相当全面的研究。西弗教授告诉我们，人文主义的观念也许在某种程度上仍切实可行，但除非我们不把自我身份包括进去，后者他称为"浪漫的个体性"，因为，他说，"过去所理解的那种自我形象如今已经消亡了……"[1]

有关这个古老形象消亡的消息得到了另外一种说法的支持，那是有关心理学罪有应得的说法。一些小说家、批评家告诉我们，心理学派不上用场，或者说对文学没有什么用处，把心理学引入小说只能是——也许始终是——对其体裁纯粹性的败坏。这就让我们犯迷糊了，起码对某个年纪的人来说是这样。我们所受的教育告诉我们，自我形象似乎表明存在一种叫心理的东西，它甚至赖此以生存。我们知道我们有心灵，因为它们给我们制造麻烦，我们之所以大多时候能不断地、可靠地意识到自我，就是因为我们体验到了这种麻烦。我们相信，小说的特征就在于，它描绘的是这样一些人，他们有着与我们的自我本质上相似的自我。我们不明

---

[1] 怀利·西弗：《现代文学艺术中自我的丧失》（Wylie Sypher, *Loss of Self in Modern Literature and Art,* New York: Vintage, 1964），15 页。他认为，"我们不仅拒绝而且破坏了自我的观点"是"浪漫主义—自由主义传统"创造出来的（8 页）。

白，当罗伯-格利耶这样的文学理论家说，如果小说要生存下去，就必须抛弃它过去对心理学的信奉时，他究竟是在说些什么。不过，我们只需一点点诚实就能够发现，当我们在现代小说中遇到心理活动的细节描写时，我们是多么的厌烦。心理描写使我们感到疲倦，这也许不是立即发生的，我们甚至不一定意识到，却是最终的，是本质上的。当我们阅读比如菲利普·罗斯的《波特诺伊的怨诉》时，我们无疑会身心投入，但面对精神分析学家诊疗椅上那忙碌的一切，什么一个人有一个母亲会有什么样的感情结果，是犹太人，属于这个或那个下等阶级，又有着什么样的感情结果，正常的、健康的性是什么不是什么，促进或阻碍它的又是什么，难道我们最终不会漠然置之？不管诸如此类的答案对置身于私人生活的四堵高墙之内的我们来说意味着什么，但作为艺术材料，它们似乎不再像过去那样能够引起想象的注意。

而且即使在我们的私人生活中，这些以及相关的考虑也表现出与过去不同的面目来。在弗洛伊德诞辰112周年的纪念会上，弗洛伊德的女儿安娜·弗洛伊德发表了一个演讲，对现代年轻人疏远精神分析的程度进行了评论。她只是概述了一个文化事实，并无意做出解释。[1]

---

[1] 安娜·弗洛伊德：《精神分析道路上的一些困难》（Anna Freud, *Some Difficulties in the Path of Psychoanalysis,* New York: International Universities Press, 1969）。

但显然，部分解释并不难获得。当弗洛伊德的思想第一次出现在为之哗然的世界里时，人们错误地认为，弗洛伊德承认无条件的本能冲动（这是他思想的核心）就意味着，他要确立冲动的支配地位，而这就意味着对社会化的自我的否定。当然，人们也逐渐认识到，精神分析不是倾向于狄俄尼索斯精神，而是完全服务于阿波罗精神，它试图加强自我身份中的"诚实的灵魂"，后者的特征就在于明确的目的性和对限制的清醒认识。对精神分析的负面评价不断增多，不光是年轻人，不仅是对其规范性假定、对其顺从社会的思想（据说这是其理论的题中应有之义）表示反感，这些评价还认肯自我的无条件性，并要求绝对的自主自为。在它们看来，一切关于自我的系统性预测要么是粗暴的简单化，要么就是毫无根据的臆断，再不然就是南辕北辙。

黑格尔预见到"分裂的意识"会不断获得霸权地位，"诚实的灵魂"将被历史唾弃。在这一点上他是对的，我们有许多证据可以证明。我们发现，黑格尔高瞻远瞩的能力是相当强的，他能由他写作年代里那些显著的精神事件预见到遥远的未来。他那个时代的社会及政治空间既是由"诚实的灵魂"所构建的，也是它的土壤；当然，"分裂的意识"事实上也在蠢蠢欲动，企图攻破"诚实的灵魂"的堡垒，它的进攻是高明的、孤注一掷的，对此文学及文化史家密切关注着。但是，建构堡垒并苦心加固的却是"诚实的灵魂"。"合上你的拜伦,打开你的歌德"[1]——在卡莱尔这句著名的训诫中,我们看到了那个时代的鲜明主调。卡莱尔所说的拜伦是创作《恰尔德·哈洛尔德游记》和《曼弗雷德》的那个早期的拜伦,他所说的歌德则不是写作《少年维特的烦恼》时的那个歌德。歌德自己也认为,这部作品是一次病状的记录,他必须从中恢复过来,正如卡莱尔所说,这样才"能够成为一个人"。卡莱尔所召唤的是一个道德上积极乐观的歌德,对歌德而言,"抗争"是拯救的保证,而克己是人生的法则。这是一个进取的歌德,一个有着积极肯定而务实可行之目标的文化英雄。虽然马修·阿诺德对卡莱尔看待事物的方式基本上不屑一顾,但在崇敬歌德这一点上他们却是一致的。他们认为,歌德的伟大就在于他和宇宙本身是相似的。他们相信,他是宇宙的一个"诚实的灵魂",有着积极肯定的目标,并愿意为之付出真诚艰苦的努力。

亨利·佩尔教授在其简明扼要的著作《文学与真诚》中得出这样一个结论,真诚实际上应被首要地看作一个法国概念,因为法国人长期以来表现了对真诚的强

---

[1] 此语出自卡莱尔《拼凑的裁缝》,可参见《拼凑的裁缝》中译本(马秋武等译,林书武校,桂林:广西师范大学出版社,2004年),178页。——译注

烈关注。[1]这个观点有些言过其实，不过它表明真诚存在着民族差异，法国的真诚方式与英国的真诚方式有待区分。在法国文学中，真诚是指对自己及他人坦陈自己。这里的坦陈是指，他承认他的那些伤风败俗及惯常要加以掩盖的特性或行为。英国的真诚并不要求直面一个人的卑劣或羞耻，英国人要求一个真诚的人在交流时不要欺骗或误导，此外就是要求对手头承担的不管什么工作专心致志。不是按照法国方式认识自己并公开自己的认识，而是在行为、举止，即马修·阿诺德所谓的"差事"方面与自身保持一致——这就是英国的真诚。

近代具有决定意义的文化事件之一就是，这两种民族真诚——法国的和英国的，在一个瑞士人的性格中得到了融合。在《忏悔录》的开篇，卢梭夸耀说，他那法国式的真诚在完美性方面是独一无二的。"我现在要做一项既无前例、将来也不会有人仿效的艰巨工作。我要把一个人的真实面目赤裸裸地揭露在世人面前。这个人就是我。"当末日审判的号角吹响的时候，他说，他要拿着这本书走到至高无上的审判者面前，在这本书里他写了自己的善良、忠厚与高尚，也揭露了自己的卑鄙龌龊。"请你把那无数的众生叫到我跟前来！让他们听听我的忏悔，让他们为我的种种堕落而叹息，让他们为

---

1 亨利·佩尔:《文学与真诚》(Henri Peyre, *Literature and Sincerity*, New Haven and London: Yale University Press, 1963)，1页。

第三讲　存在的感受与艺术的感受

我的种种恶行而羞愧。然后，让他们每一个人在您的宝座面前，同样真诚地披露自己的心灵，看看有谁敢于对您说：'我比这个人好！'"[1]

就在真诚方面的出类拔萃而言，卢梭对自己是坚信不疑的。他不假思索地否定了蒙田——一个最可能与他相匹敌的人——的声明，后者也曾显示出真诚，但卢梭却屡屡对他进行无情的讥讽。他自负地说："我老是笑蒙田的那种假天真，他佯装承认自己的缺点，却小心翼翼地只给自己派上一些可爱的缺点。我呢，我一直就认为，并且现在还认为，总的说来，我还是最好的人。我也觉得，一个人的内心不论怎样纯洁，也不会不包藏一点儿可憎的恶习。"[2] 关于他自己的坦陈，他说得倒是不错，他不怕在世人眼里伤害自己。我们不太容易接受一个邋遢、自尊的青年卢梭，他的性倒错令人生厌，他坦白的几件出于冲动所做的事——他与一个朋友出游，却在朋友癫痫病发作时半夜将他遗弃在陌生小

---

[1] 卢梭：《忏悔录》（第一部），黎星译，北京：商务印书馆，1986年，1—2页。——译注

[2] 埃伦·S. 西尔伯在其《卢梭与蒙田》（Ellen S. Silber, "Rousseau and Montaigne", Columbia University dissertation, 1968, pp. 127-128）中说："在1764年《忏悔录》的手稿前言中，卢梭说蒙田缺乏真诚，他对这位散文家的诚实给予了不遗余力的攻击。"西尔伯引文的第一句可以反映卢梭的基本观点："在真诚方面我胜过蒙田。"（特里林正文中的引文见于卢梭：《忏悔录》（第二部），范希衡译，徐继曾校，北京：商务印书馆，1986年，638页。——译注）

镇的街头；他偷了一条丝带，却诬陷是善良的女仆偷的——都非常卑劣、令人作呕。

他说他是 une âme déchirée，这个短语的字面意思刚好等于"分裂的意识"，他也确实表现出一些黑格尔所说的这种意识的特征，包括在招揽羞耻的同时超越羞耻。他重视分裂，这一点我们不能怀疑：他相信，正是这种意识而不是精神的整全性提供了通向知识的道路。但同时他又追求完整的"诚实的灵魂"，他发现，人若要在现世获救，就得专心致志地去从事被指派的"差事"。我所说的英国的真诚乃是卢梭政治思想的核心。

最初为卢梭赢得声名的是那篇叫作"第一篇论文"（《论科学与艺术》）的作品，其中心概念就是真诚。论文是为第戎学院的征文"科学与艺术的复兴是否有助于敦风化俗"而写的，我们知道，卢梭的答案当然是否定的，但当我们离开论文而试图复述卢梭的观点时，我们发现，要做到准确是非常困难的。我们多半会认定"科学与艺术"有一个统一而一般的含义，代表整个文明，继而将卢梭的意思理解为文明非但不能敦风化俗，而且还会败坏原始的、基本的人性。这样的概括并不违背卢梭的初衷，但却不是卢梭在论文里所要真正表述的意思。他实际所表达的观点与我们已经形成的看法大相径庭，以至于我们很难轻易接受他实际上所说的意思。他的主张是，科学与艺术活动是文明中间一个尤为具有腐化性的方面。他的侧重点是艺术，主要是指文学。文学是使人类腐败的无可比拟的力量，是文明社会所固有的谬误的精髓或范式。文学体现的是社会性的准则，按照这种准则，个人必须放弃他的自主自为以赢得别人的宽容与尊敬——在《论科学与艺术》里，卢梭一开始就指出，可以认为，人们从事文学活动的主要意义就是"通过值得他们共同赞慕的作品来激发他们彼此取悦的欲望，从而使他们更富于社会性 [读作：更顺从]"[1]。

生存需要社会，但社会腐蚀它所培育的生命，这样的观念我们并不陌生，而且大多数人对此也表示几分赞同，但若要说文学是社会这个叛徒的共谋犯，这样的观点我们就不能贸然接受了，因为它冒犯了我们最深的虔诚。在为我们所热爱并信赖的艺术辩护时，我们急切地抓住卢梭的下面一个说法不放，他说文学的动机在于"取悦"的欲望，文学的特征在于它那"虚伪一律的风雅外衣"，在于"被我们夸耀为我们时代文明之依据的那种温文尔雅"。[2] 我们会说，卢梭显然是在用非常狭隘、短视的眼光来看待文学；过去（更不必说将来）的伟大作品其写作意图当然不是为了什么简单的奴颜婢膝的

---

[1] 卢梭：《〈论科学与艺术〉与〈论人类不平等的起源和基础〉》（J.-J. Rousseau, *The First and Second Discourses,* ed. R. D. Masters, trans. R. D. and J. R. Masters, New York: St. Martins Press, 1964），35 页。
[2] 卢梭：《〈论科学与艺术〉与〈论人类不平等的起源和基础〉》，38 页。

"取悦"。我们所崇敬并感激的文学其功用恰恰在于，它们撕毁了虚假的风雅外衣，绝不向温文尔雅的乡愿低头。

这种反诘让我们虔诚的心得到了满足，但它却并没有真正面对卢梭对文学的论断。是的，他是根据文艺复兴时期形成的一种独特的美学信条来讨伐文学的，这种信条在他的时代仍具有支配地位，如今却已声名狼藉。但是，他的关切却远非不合时宜。卢梭关注的真正目标是文学在近代世界所不断取得的地位，他关注的是文学与我所说的新的社会环境之间的关系，是势力更加强大的大众，这一存在主要是由城市居民构成的，它数目众多，易受意见的左右。生活在这个新环境中的个体容易不断受到他人心智活动的影响，这些思想直接流进他的心田，刺激或扩充着他的意识，结果，属于个体自己的意识反而减少了。个体发现，要明白他自己的自我是什么，明白忠实于自己其含义是什么越发困难。正是考虑到现代大众统治的心理后果与道德后果，卢梭虚构了著名的野蛮人，其标志性特征就是他在意识方面是完全自主的。在《论人类不平等的起源和基础》中，卢梭说："野蛮人过着他自己的生活，而社会的人只知道生活在他人的意见之中，也可以说，他们对自己存在的感受的看法都是从别人的判断中得来的。"[1] 在卢梭看来，现代社

---

[1] 卢梭：《〈论科学与艺术〉与〈论人类不平等的起源和基础〉》，179页。

会有多种力量在传播意见,增加意见的力量,从而控制和限定个体自身存在的感受,而文学则是诸力量中最突出的一种。

与在《论科学与艺术》中反对文学的论调一样,这篇论文措辞的抽象笼统也让人觉得卢梭是在强词夺理、吹毛求疵。但八年后的1758年,卢梭在一篇文章中再次拾起了这个论题,这时他的指责就非常具体了,几乎让人无力招架。在《致达朗贝论戏剧书》中,卢梭考察了戏剧这种文学样式在引入日内瓦后的种种坏处。日内瓦是他的家乡,他认为如果现代有一个社会能够令人满意,那么它就是日内瓦。日内瓦的社会是一个相当富裕的资产阶级社会,其政治组织形式是共和国。卢梭认为,日内瓦之所以令人崇敬,是因为它的道德及生活方式与巴黎形成了鲜明的对比。虽然这个社会繁荣富足,但其生活方式却具有通常在相当质朴的社会里才能发现并受到尊崇的那些特征。比如,那里的公民高度重视手足之情,这是列维-斯特劳斯在《忧郁的热带》所研究的一些部落里看到并加以称赞的。卢梭特别重视"圈子"对城市的社会及道德风气的影响,这些"圈子"是男人们为了宴饮和体育活动而组织起来的小群体。[1] 在

---

[1] 《致达朗贝论戏剧书》的反巴黎人倾向和反现代倾向,在它对妇女影响的抵制中得到了最明显的体现。我们不能说《致达朗贝论戏剧书》是反女性的,但它对两性及恰当的两性关系的理解却回到了斯巴达的时代,我们还可以在这部论著的其他许多地方找到类似的证据。

《百科全书》的"日内瓦"词条中，达朗贝表达了这样一个观点，即这个城市若要彻底舒适宜人，就得建立一个剧院。卢梭出于理性的义愤反驳了这种建议，他对戏剧艺术的反对意见基本上与《论科学与艺术》反对整个文学的观点相一致，他认为戏剧削弱了自我的真实性与自主性。

卢梭对戏剧可以促进道德启蒙之类的说法很不耐烦并持怀疑的态度。戏剧的目标是取悦，它所做出的道德判断之所以能够被人接受，是因为它让人觉得惬意，换言之，它肯定并迎合观众的那些已经根深蒂固的看法。戏剧的总体效果不是矫正而是"加强自然倾向，给一切激情以新的力量"[1]。至于那已在美学—道德思想中占据神圣地位的悲剧的净化说，卢梭也无动于衷。他说，他无法理解戏剧通过激起情感而使它们得到净化这类思想，因此也就很难相信人们提出它是出于真心的——"要变得温和谨慎，首先就得疯狂放纵，这可能吗？"[2]

卢梭曾说："如果事先告知一个观众淮德拉或美狄亚[3]的罪行，我想，他会在戏剧的开头而不是结尾更恨

---

1 卢梭：《政治与艺术：致达朗贝论戏剧书》，20页。
2 卢梭：《政治与艺术》（即《致达朗贝论戏剧书》，下同），20页。
3 淮德拉是拉辛的悲剧《淮德拉》的同名女主人公，身为王后，却爱上国王前妻之子，发现王子另有所爱后便加害于他，最后悔恨自杀。美狄亚是欧里庇得斯的悲剧《美狄亚》的同名女主人公，曾帮助伊阿宋盗取金羊毛，并跟随伊阿宋回乡。在伊阿宋变心后，她设计毒死了新娘，并杀死自己与伊阿宋生的两个儿子。——译注

她们。"[1]卢梭对悲剧直接的道德效果的怀疑为尼采铺平了道路，后者认为，悲剧表现的是人类超越道德的形而上的命运。卢梭当然不可能抱有这样的看法，尽管他说社会对人具有腐蚀作用，但他关于人类命运的全部理解仍然与社会生活相连，在他看来，一个人要正确地生活，紧要的就是心地单纯，品行端正。戏剧把单纯变得世故，用自我欺骗的道德情感代替品行的端正。"如果一个人学会了欣赏精巧的故事情节，为虚构的悲剧而流泪，我们对他还能有什么要求呢？他难道对自己不满意吗？他难道不会为自己美好的灵魂而欢呼吗？他难道不会因为他所怀的那种敬意而对自己在德行方面的欠缺感到释怀吗？"[2]

我们可以说，观众传染上了演员那种特别的疾病，即扮演所导致的自我身份的削弱。卢梭对演员职业的谴责与柏拉图类似，但不完全一样。柏拉图说，由于要跟他所扮演的道德上比较低下的人物相认同，演员自己的灵魂也变坏了，扮演奴隶会导致奴性，扮演妇女会导致柔弱，扮演坏人会导致邪恶。卢梭悲叹的这种职业所导致的毁灭性在于，由于完全沉浸在表演之中，演员个人作为一个人的存在受到削弱：他工于"伪造自己，他上

---

[1] 卢梭：《政治与艺术》，20页。
[2] 卢梭：《政治与艺术》，25页。

演的不是他本人，而是另外一个角色"。[1] 演员遭受极大的伤害，观众也在一定程度上受害，用一个现代词语说就是，他与舞台上的人物产生了共情。

卢梭极力表明，他之反对戏剧不是出于清教徒般的对愉悦的厌恶，而是基于这样一个认识，即戏剧艺术会篡改自我，进而有损于社会。他问道："如果一个共和国没有娱乐，这会是怎样一种情形？"跟着就是回答："相反，应该有许多娱乐……"适合一个共和国的娱乐应该是这样一些东西，即公民不失自我地参与其中，其存在的感受得到巩固，他与同伴的关系得到巩固。"人们认为，他们在剧院里走到了一起，实际上恰恰是在这里他们彼此孤立开来。在这里，他们忘记了朋友、邻居和亲人，为的是沉浸于虚构的故事之中，为不幸的死者哭泣，或嘲笑那些生者。""这些排外性的娱乐以忧郁的方式把一小群人封闭在幽暗的深处，让他们在静默与懒

---

[1] 针对演员本人会受到角色扮演的影响、更不用说腐蚀的观点，狄德罗在《喜剧的矛盾》中进行了反驳。这部经典性作品写于1775—1778年间，但直到1830年才得以出版。我要感谢西奥多·齐奥科斯基，他告诉我，要理解卢梭对演戏这行当的指责，就要参照1750年前后法国、德国曾出现的针对一整套演出程式的反叛，那套程式有六个习惯的架式。齐奥科斯基在论文《莱辛〈萨拉·萨姆逊〉中的语言及模仿动作》中说，革新者中间争论的一个话题是，他们所要求的自然，是通过演员"内心产生他要在舞台上表现的感情"并借助随之而来的恰当的动作及表情来表示呢，还是相反，演员保持"镇静、客观"并采取"许多形体技巧，模仿出他所没有的感情"。当然，这种争论延续至今。

第三讲　存在的感受与艺术的感受

散中恐惧畏缩，呆若木鸡。"相反，还有一些"在露天，在天空下的"自由、节庆式的聚会，那里没有什么是展示的，那是快乐、团结的场合，人们做游戏，进行体育比赛、划船竞赛，发表评论，举行颁奖仪式。"让观众自娱自乐，自己就是演员，这样每个人都在他人那里看到自己，热爱他人从而热爱自己。"[1]

就在几年以前，人们对卢梭的这种艺术性文化观念的看法还明显是否定的，可现在就不一样了。在一些人看来，正是为了热爱他人从而热爱我们自己，我们应该抛弃"展示"而赞成参与。但是大多数被教育要对艺术虔诚的人会倾向于同意彼得·盖伊的观点。在一部关于启蒙运动的著作中，盖伊说，持这种观点的卢梭是"最令人不快的卢梭"。[2] 他的意思是，这是一个道德主义、实用主义的卢梭，一个对艺术有助于培养我们的"感受力"无动于衷的卢梭。正如盖伊教授接下去指出的那样，卢梭的这一思想即使不会让我们想起极权社会的文化纲领，也是令人反感的。这毫无疑问。但油然而生的反感不应该使我们忽视卢梭的一个重要意图，这不是道德主义的，也不是实用主义的，而是美学的，尽管这里所说的美不是艺术作品的美而是实际的人的美。卢

---

1 卢梭：《政治与艺术》，17 页，125—126 页。
2 彼得·盖伊：《人性的聚会》（Peter Gay, *The Party of Humanity*, New York: Knopf; London: Weidenfeld, 1964），250 页。

梭关心的是培养人，这类人的鲜明特征是自主自为，是在强加于他们的社会生活中严格挑选各种要素的意志和力量。换句话说，他是在美学意义上厌恶某种糟糕的属性，大约二十年前，戴维·里斯曼把这种属性叫作"随波逐流型"人格。[1] 里斯曼发现，这种人格在当今社会日益显著。随波逐流型人格其整个存在都是在捕捉由他同伴的舆论及文化的制度性力量发出的种种信号，力求与之步调一致，以至于他根本上就不是一个自我，而是一只学舌的鹦鹉。在这一点上，我们当然能与卢梭的观点取得一致。里斯曼教授另外还谈到两种人格，一种是老派的"独立不羁型"人格，这种人格起码表面上是自主的，有着自主的理想，另一种是存在于假说中的人格，即真正自我主宰型的人格。我们更偏爱这两种自给自足、自我定义的人格。

但我们最为看重的一个确凿的信念是，人的独立自主是经由艺术培育的，我们发达的教育制度牢固地确立了这种信念。而卢梭的观点恰恰与此相反。二十年前，如果有人竟然质疑我们所珍视的这种信念，那一定显得荒谬绝伦，即使现在，如果有人要像卢梭那样颠倒

---

[1] 戴维·里斯曼等：《孤独的人群：变化中的美国性格研究》（David Riesman, in collaboration with R. Denny and N. Glazer, *The Lonely Crowd: A Study in the Changing American Character,* New Haven and London: Yale University Press, 1950）。对"随波逐流型"人格的定义请参看第 19 页。

黑白，说什么艺术是驯顺的工具，它仇视个人存在的感受，也会被斥为居心叵测。人们一直认为，低级艺术、商业/通俗艺术是腐蚀人心的，但严肃艺术却不然。我们所谓的严肃艺术是指，它公开或暗地里与统治性文化保持对立——一个人要造就独立自主的自我，他的冶炼场难道不正是在严肃艺术之中吗？舍此还有他途吗？可是，当今艺术生态的一些发展必定使我们不像以前那样对此充满信心了。艺术空前地激增扩散，以前高深莫测、难以接近的艺术形式现在变得容易接受，通俗艺术、商业艺术与过去所谓的高级艺术迷人地联姻——所有这些因素都不会支持那个古老的信念，即艺术培育人的自主性。也许你要说，艺术能传达给人们某种更为精纯的文化能量，将他们引导到迄今尚未涉足的某个地方，那是在一块块围绕美学偏好所建构起来的社会飞地，他们在这里发现个性的意义，从而坚信这种意义。然而这却不是自主，因为规则、法则都是来自他人。卢梭就是生活在这样一个艺术形成意见的权力已经被发现的时代，他所要表达的也恰恰就是这个观点。

2

卢梭对文学总体而言是谴责的，但有两种文学样式除外，一种是雄辩术，另一种是小说，因为它们不会败坏诚实灵魂的统一性，也不会减损它的真诚。

雄辩术免遭谴责，这一点当然不会让人惊讶。一个共和国不能没有雄辩术，而且演说者也不会——卢梭告诉我们——轻易受扮演活动的腐蚀性影响，因为与演员不同，"他充任的只是他自己的角色……只是凭自己的名义说话"[1]。但我们感到奇怪的是卢梭的这样一个信念，即小说也适合共和国成员的个性，小说不像戏剧那样威胁到自我的单纯统一。可怜的爱玛·包法利那不幸的魂灵会站出来抗议说，情形恰恰相反，小说甚至比戏剧有过之而无不及，它诱使自我去扮演别的角色，去幻想，去模仿。针对眼前这个问题，我们也许可以这样回答，卢梭有着不同的生活阅历。他相信，他的统一的自我在他五六岁的时候就已经形成了，那时他与父亲一起通宵达旦地读小说。他说，"他连续不断的对自己存在感受的认识"[2]是从这时候开始的。

雄辩术和小说，换言之，也就是，罗伯斯庇尔和简·奥斯丁。

我相信，这是第一次在一个句子中把这两个人物连在一起，而将他们彼此分开的也正是维系着他们的那种联系。这种联系不是生拼硬凑，他们俩有着血缘关系，都是卢梭的直系后代，是嫡亲的堂兄妹，因为他们都信

---

[1] 卢梭：《政治与艺术》，15页。
[2] 卢梭：《忏悔录》，5页，译文略有改动。——译注

奉"诚实的灵魂"和与之相适应的真诚。

研究罗伯斯庇尔的学者在总结他整个的知识生涯及主要性格特点时，都提到他对卢梭的热爱，这种热爱始于他的求学时代。英国传记作家 J. M. 汤普森说，纵观罗伯斯庇尔的一生，"他像他的导师、雅各宾主义的榜样让-雅克·卢梭一样真诚、严肃、自省"[1]。艾伯特·马西兹说，这种"深厚的真诚""打动并征服了委员会"[2]。甚至与他不共戴天的敌人也不怀疑这种真诚。这位"海绿色的不可腐蚀者"——卡莱尔喜欢这样称呼他，既是嘲笑他刻意的刚正姿态，也是讥讽他那花花公子般的外套颜色——是莫里哀笔下的那个阿耳塞斯特的第三个化身，我们知道，卢梭是第二个。但是，这个最具有战斗精神的、真诚而矢志不渝的"诚实的灵魂"却是个不折不扣的伪饰者（hypocrite），也就是说，一个演员，是一部关于原则、背叛和流血的喜剧中的主角。无论是罗伯斯庇尔在某种程度上应该受到的尊敬，还是他所煽动的恐怖，或是他悲惨的结局，都无法驱散这种喜剧气氛。在世界历史的人物群像中，他就这样独具一格地站在我们面前。

---

[1] J. M. 汤普森：《罗伯斯庇尔》（J. M. Thompson, *Robespierre,* London : Oxford University Press, 1928），280 页。

[2] 艾伯特·马西兹：《法国大革命》（A. Mathiez, *The French Revolution,* trans. C. A. Phillips, New York: Knopf, 1928），462 页。

汉娜·阿伦特在《论革命》中对罗伯斯庇尔的道德品性做了细致而热烈的描述，她着重强调了他的戏剧性性格。正如阿伦特所说，这种戏剧性性格是所有"演绎革命"的人都具有的。他们有意运用戏剧式的修辞手法，他们的比喻与戏剧有着具体的关联。阿伦特提到的当然是悲剧或英雄剧，但当她说，革命人物视"撕下法国社会的虚伪面具"为他们的历史使命时，跃入我们脑海的却是一个喜剧的场景。革命家对法国旧社会之虚伪的关注导致他们对个人甚至自我之可能虚伪（这太可能了）的关注。阿伦特指出，大革命十分重视公共性，并将无所遮蔽、一览无遗的公共生活，与矛盾麻烦的个人生活，与隐秘幽暗而不可知的心灵彻底对立起来。[1] 私人的、不可知的东西被认为是对公共的善的颠覆，这个假想导致对真诚的迷恋，并要在公众面前表达并保证这种真诚——真诚需要一种表白的修辞术，需要通过态度、姿态来展示其清白纯真，这就是角色扮演，而正是在角色扮演中卢梭看到了个人以及最终社会的腐败本质。安德烈·纪德说："一个人不能既是真诚的，又看上去像是真诚的。"

莫里哀的某些看法与纪德相近。阿耳塞斯特骄傲地主张绝对真诚，这是对隐秘幽暗而不可知的心灵的侵

---

[1] 汉娜·阿伦特：《论革命》（Hannah Arendt, *On Revolution*, New York: Viking; London: Faber, 1964），85—110 页，尤其是 101—102 页。

犯。他决意绝对真实地对待所有的人，从而导致他所决意忠实的大部分自我的消灭。罗伯斯庇尔也是这样。但与莫里哀的喜剧相比，历史的这部喜剧更加复杂。罗伯斯庇尔不但消灭了隐秘、矛盾的自我，还代之以他自己设计的自我，这是一个杂取了种种人的自我，这些人在历史的舞台上赫赫有名，为的是赢得公众的拥戴，卢梭也是其中的一个。阿耳塞斯特不愿意纠缠在黑暗矛盾的社会之中，他遗世独立，过着孤独、沉默的生活。罗伯斯庇尔却生活在众目睽睽之下，他行动，扮演着他所设计的那个存在，喋喋不休地对公众发表演说。他的最后一个喜剧时刻是在覆亡之前，那时实际上整个巴黎的居民都参与进来了，差不多有50万人——社会变成了公众，因此他的那个自我的幽暗矛盾一扫而空，其动机一目了然，它对自己、对注视着它的世界敞开心扉。

那是1793年6月8日，著名的最高主宰的节日。那一天，法国在《民权宣言》的命令下把自己贡献于卢梭笔下那位萨瓦牧师的一神论教义。[1] 不知是有意还是巧合，这一天刚好是圣灵降临节，在被推翻了的天主教会的日历上，这是纪念圣灵降临的节日。[2] 庆祝在战神大街（后更名为集会大街）达到高潮。人们聚集在立法者的

---

[1] 此人是卢梭《爱弥儿》第四卷中记载的萨瓦地方的一个穷牧师，虔诚的基督徒，他用真诚朴素的语言对一个改宗的年轻人进行劝导。——译注
[2] 该节日的礼拜仪式以红色为标志。

面前，后者坐在一个象征《宣言》"山"的假山上，上面插着一棵自由之树。罗伯斯庇尔坐着，手捧一束花和一株麦穗。集会上有许多演讲，庞大的集会人群先是为他们所欢庆的对象即最高主宰唱起赞歌，接着开始唱爱国主义的歌曲。人山人海，万众一心，举国若狂，礼炮齐鸣，众人高呼"共和国万岁"，大家热烈地相互拥抱。那天早晨，在杜伊勒利宫举行的仪式上，罗伯斯庇尔已经为公众隆重的信仰活动揭幕。人民代表和国民委员在这里相聚，他们身穿崭新的华丽官服，手捧鲜花、麦穗和水果。罗伯斯庇尔以国民主席的身份发表了颂神的演说，最后他点燃了一尊无神论的偶像，借助机关，从灰烬之中出现了一尊智慧神像，遗憾的是，这尊神像被火苗烧焦了一些。整个夸张的活动都是由大卫一手策划、导演并组织排练的，人们认为这是他最杰出的成就。

这是公共的自我实现与自我庆祝的伟大日子，其反讽性的场面华丽浮夸而又精雕细刻，堪称经典。卢梭自信地说，雄辩术这种文学样式没有角色扮演所固有的那种败坏因素，如果我们还想进一步解释，这些场面是如何使我们对他的说法产生怀疑的，那就未免流于陈词滥调，更不用说残忍了。

那么，另一个获得豁免的文类——小说又如何呢？那个被我称作像罗伯斯庇尔一样是卢梭的直系后代的小说家又如何呢？

简·奥斯丁在书信中从未提到过卢梭，虽然有理由相信她曾读过《新爱洛伊丝》，但她对卢梭的了解很可能就止于此了。[1] 不过，我想说的不是影响关系，而是相似关系，他们都共同致力于捍卫"诚实的灵魂"，及其真诚而矢志不渝的鲜明品质。

我们只需读一读卢梭的两段文字，就可以看出这种相似性。第一段出自《致达朗贝论戏剧书》。在解释小说对身心的好处时，卢梭说他想到的是英国小说，尽管有些英国小说毫无疑问是令人生厌的，但最优秀的作品却让人崇敬，比如《克拉丽莎》。卢梭写这封信时还没有造访过英国，那将是一次让他对英国人心生痛恨的糟糕的经历。卢梭比较了英国贵族和法国贵族，发现前者具有一些令人敬仰的特征。例如，英国贵族妇女具有她们优秀男同胞的许多品格，她们有着某种斯巴达式的质朴，这使得她们能够不把存在的感受、自我感建立在他人的意见之上，而是依靠她们自身。她们生活在与外界隔离的庞大别墅庭院里，不但不害怕，而且感到快乐。简言之，英国人不是巴黎人，而所有巴黎的体面人物都不能主宰自己的存在。"对孤寂的共同兴趣催生了他们对沉思和阅读的兴趣，小说因此在英国很风行。于是，男子和妇女都更为沉默寡言，他们很少邯郸学步，比较

---

[1] 可参见布莱布鲁克的《简·奥斯丁与其先驱者》(F. W. Bradbrook, *Jane Austen and Her Predecessors*, Cambridge: Cambridge University Press, 1966), 121页。

喜欢真正的生活乐趣，看重实际生活中的幸福而很少想要表现得幸福。"[1]

小说这种文类真的能够教导并激励自我走向自主呢，还是恰恰相反，把自我引向矫揉造作呢，这样的问题我还是再次避而不谈。我们已经看到，卢梭本人的感受是，通过阅读小说，他获得了存在的感受，他从中发现的就是生命的感受，是存在的理由。在《漫步遐想录》中，他说，存在的感受带来了"满足与平静，这本身就足以使这样的存在变得甜蜜可爱"[2]。

不用说，简·奥斯丁评判她所观照的那些人物品质的一个标准就是存在的感受。所有那些赢得她尊重的小说人物——她的同情或喜剧式的宽容是另一回事——都有着高度的存在感受，而这一切意味着自足，意味着自我定义，意味着真诚。就这一意义而言，她的女性形象比男性形象要高，就像莎士比亚的传奇剧一样，公主要比王子更能体现戏剧所颂扬的那种生活的品质。与莎士比亚的后期戏剧一样，在简·奥斯丁的小说中，女主人公的性格塑造体现为她们对社会性模式的积极响应，这是黑格尔所说的"高贵意识"，是"诚实的灵魂"的

---

[1] 卢梭：《政治与艺术》，82页。
[2] 卢梭：《漫步遐想录》（Rousseau, *Rêveries V,* Pléiade Edition, vol. i, p. 1047, quoted by R. D. Masters, *The Political Philosophy of Rousseau,* Princeton and London: Princeton University Press, 1968, p. 98）。

先决条件。它对生活的理想标准是秩序、和平、光荣和美,它们存在于幸福和(过去人们常说的)美满的婚姻之中,存在于富裕体面的家务操持之中。奥斯丁的小说从不质疑古朴的"高贵"生活理想,这与那些名字让人难忘的大宅美舍很是相宜——诺桑觉寺、顿威尔寺、彭伯里、哈特菲尔德、克林奇府、诺兰德庄园、曼斯菲尔德庄园。[1] 在这里,只要安排有序,"存在是甜蜜可爱的"。对那些适合寻求生活的意义、一旦发现后就十分珍惜的人来说,它们所拥有的正是这种意义。小说的女主人公们具有这些住宅所表现的意义,她们与之相得益彰,或变得与之相得益彰,她们没有更多的奢望。爱默生讨厌简·奥斯丁的小说,说它们"乏味""庸俗",他所针对的毫无疑问就是这一点。

但卢梭所会做出的评价却远不是这样。我们已经看到,虽然卢梭在促进现代世界的形成方面发挥了很大的作用,虽然他的思想倾向是要颠覆旧的秩序,但面对正在出现的新世界,他还是满心焦虑的,而这恰恰是因为古老的"高贵"生活正归于毁灭。虽然他关心平等,但他关于美好生活的理想是由他对贵族方式的喜爱所塑造的,他从没有放弃对这种方式的幻想,在卢梭麻烦不

---

[1] 这些地名或庄园分别出自简·奥斯丁的小说《诺桑觉寺》《爱玛》《傲慢与偏见》《爱玛》《劝导》《理智与情感》《曼斯菲尔德庄园》。——译注

断的青春岁月的一个重要时刻,这种幻想给了他勇气。[1]前面我说过,有两个段落可以表明卢梭与简·奥斯丁具有亲缘关系,那第二个段落就是《忏悔录》所记载的一个感人的梦想。这位雕版匠人的学徒,16岁的时候,决定离开他的师父和故乡,去外面闯荡。卢梭带着温情的反讽回忆起当时那个小男孩与自己约定的幸福条件。他说:"我不需要那么多。我只要结交一些可爱的朋友就够了,其他的事我就不操心了。我不贪婪,我只要一个小小的范围,但这个范围是经过精心选择的,在那里我能够支配一切。一座宅第就是我最大的奢望,只要能做那里的领主和领主夫人的宠人、小姐的恋人、少爷的朋友、邻居的保护人,我就心满意足了,我再没有更多的要求。"[2] 简而言之,他希望做曼斯菲尔德庄园里的范妮·普莱斯,当然不是寄人篱下、卑躬屈膝的范妮,而是魅力绽放时的那个范妮,那时她的价值得到了完全的认可,她的真诚和专一赢得了所有人的爱戴。[3]

这样,《曼斯菲尔德庄园》包含它自己的《论戏剧

---

[1] 有关卢梭个人对由阶级所决定的生活方式的偏好的很有价值的分析,请参看 R. D. 马斯特斯的《卢梭的政治哲学》(R. D. Masters, *The Political Philosophy of Rousseau,* Princeton and London: Princeton University Press, 1968)428 页的注释。

[2] 卢梭:《忏悔录》,51—52 页。——译注

[3] 在把卢梭"对贵族方式的喜爱"与简·奥斯丁所描绘的生活联系起来讨论时,我当然不是说奥斯丁的小说人物是贵族成员。

第三讲　存在的感受与艺术的感受

书》就很顺理成章了。每个读者都会记得,小说有一段关于排练戏剧的情节,我们都曾为此感到困惑或恼火,或这两者兼而有之。当曼斯菲尔德庄园的主人托马斯·贝特伦爵士离家时,年轻人都投身到戏剧排演之中,小说对此有一段细致而喧闹的描写,并明确指出,这样的活动是可鄙的。小说对演戏活动的反对与卢梭不谋而合:扮演导致对自我的否定,进而导致对社会组织肌理的削弱。[1]虽然粗率、刻板、心思专一的托马斯爵士并非处处让人尊敬——他对两个女儿糟糕的教养就值得谴责,她们人格卑劣,生活空虚——但"专一"这个准则却是曼斯菲尔德庄园的立足之本,靠着这个准则,它坚守着对秩序、和平、光荣与美的承诺。

在简·奥斯丁的小说中,《曼斯菲尔德庄园》以其严肃甚至苛刻而独具一格,小说以此来审视那些对"高贵"的生活方式及"诚实的灵魂"构成威胁的种种趋

---

[1] 这种观点当时大概不会显得独特或古怪。虽然在 1634 年,伊格顿家族认为,年轻的女儿扮演《科马斯》(译按:弥尔顿的假面诗剧)中的太太,保卫自己的贞操,抵制情欲的诱惑,这很自然;但在 19 世纪早期,严肃的上流阶级对业余戏剧演出的看法就不那么宽容了。在萨克雷的笔下,蓓基·夏泼的独特之处就是她在这些演出中的大获成功。在迪斯累里的《年轻的公爵》中,一个行为准则有问题的时髦太太对戏剧演出是绝对令人作呕的说法进行嘲讽。约翰·蒙克顿·米尔恩斯的父亲警告他,参加乡间宅第的"摹拟笑剧"表演,会有失体统。在 20 世纪初的美国,类似的评价很盛行——伊迪丝·华顿《欢乐之家》的女主人公莉莉·巴特的垮台就始于她在私人演出活动中的成功。

势。过去一般的看法是，虽然奥斯丁的人物都植根于社会现实，但她并不认为社会存在什么问题，不认为社会因为那时正在经历的变化就可以被说成是在制造种种事端。可今天人们对这位小说家就不愿意这么看了。相反，大多数人之所以对她的小说感兴趣，恰恰在于她对社会变化的敏感反应。她看待这种变化的方式很大程度上与卢梭、黑格尔一样，即不是直面变化本身或是其芜杂的表象，而是关注与这种变化相关联的那种新的意识——不管它是变化的原因还是结果。这种新意识的特点是，它告别专一与简单，它用角色扮演来否定自我，它专注于艺术性文化以及随之而来的与传统精神相左的东西。简·奥斯丁对新意识的所有特征都不赞成，但她对它们的评价并不只是敌对的。她在评判时不像卢梭那样绝对，而是像黑格尔那样带着辩证的口吻，但有一个例外，我们马上会提到。她非常清楚，玛丽安·达什伍德和爱玛·伍德豪斯的行为该受谴责，但同时她又对之表示敬意，认为这是精神在努力抵制"高贵意识"所强加于它的条件，向着新的自主的"高贵意识"迈进，这种精神如果不是通过"卑贱"，至少也是通过自负和放肆而前进。在简·奥斯丁的小说中，古老的精神一般都爱着试图将它颠覆的意识。在英国小说中，再没有哪个场景比下面这个场景更重要了：玛丽安·达什伍德希望狂热地献身于"无路可通的大海，梦想不到的海滨",她这种异化的精神结果得到了本分的姐姐的辩护,因为埃莉诺后来突然对玛丽安的情人,那个负心的、害人的威洛比,产生了同情甚至欣赏。[1] 奈特利是他所处阶级的典范人物,严格履行自身的责任,但如果他并没有让我们敬而远之,反而赢得了我们的喜爱,这是因为我们认为,他珍爱爱玛不仅是由于他无视了她那破坏性的专断,而且恰恰是因为这种专断。小凯瑟琳·莫兰在窥探她所幻想的诺桑觉寺的秘密时是愚蠢甚至堪称庸俗的,但后来证明,她在判断方面有着一种荒诞的准确性,这种准确是本质的而非偶然的,因为她突然沉浸于"文化"之中,全身心地投入令人毛骨悚然的小说之中,结果发现那所大宅子并不是它看上去的那样高贵,它光辉的外表下面是卑贱与无耻。她的情人亨利·蒂尔尼是一个循循善诱的人,一个典型的"诚实的灵魂",一个出类拔萃的"温和意识",但与他的沉静儒雅相比,莫

---

[1] 在《理智与情感》中,姐姐埃莉诺理性而本分,妹妹玛丽安则生性浪漫。玛丽安曾痴情于威洛比,但后者因为贪恋钱财而另择婚配,结果导致玛丽安大病一场。威洛比获悉后上门探望,并对埃莉诺坦白自己卑劣的内心,从而赢得她的同情和一定程度上的尊敬。也许值得补充的是,埃莉诺对威洛比的一段沉思可以证明奥斯丁有关个人与社会的看法:"她在静静地思考:过早的独立生活和因之而来的无所事事、放荡、奢侈的习惯,对一个在人品、才能上具备一切有利条件的人,在思想、性格与幸福上带来了不可弥补的危害,而此人还天生坦率、诚实、满怀深情。社会使他变得放荡与虚浮;放荡与虚浮使他变得冷酷与自私。"——译注

兰的荒诞使她更能接近真实。[1]

但是,《曼斯菲尔德庄园》的许多评判却不是辩证的,而是绝对的、斩钉截铁的。在简·奥斯丁的小说中,唯有《曼斯菲尔德庄园》立誓忠于"诚实的灵魂"那始终一贯的观念。它知道,事情并不是它们将要成为的那样,而是一个未经腐蚀的头脑一开始就察觉到的那样。这部小说写于《精神现象学》出版后的第七年,它告诉我们,黑格尔所提出并举例证明的那种评判方式实际上是完全错误的。小说教导我们,通往"高贵"的唯一道路是对当下存在状态的明确肯定而不是否定,是对责任的认可和恪守,是根据当下存在的各种条件来完善自我,是矢志不渝。"卑贱意识"只能导致卑贱,对自我的否定绝不是自我实现的手段,而是自我的毁灭——与黑格尔为拉摩扮演一切角色的伟大行为而欢呼相对立,魅力迷人的亨利·克劳福德遭到了贬斥,他那惊人的戏剧才能是他存在的致命缺陷。"不管是威严还是骄傲,不管是柔情还是悔恨,不管要表达什么,他都表达

---

[1] 凯瑟琳·莫兰是《诺桑觉寺》中的女主人公,她应邀来到亨利·蒂尔尼父亲的庄园诺桑觉寺。因为沉迷于当时流行的哥特式小说,莫兰在寺里进行了一次荒唐的"冒险"活动,希望能够发现一些与哥特式小说情节吻合的东西,结果证明完全是荒谬的。但这种"侦破"不是没有收获,她至少发现亨利的父亲蒂尔尼将军是不可信的。后来恰恰是蒂尔尼将军在得知莫兰家境不像他曾听说的那样富有后,把莫兰赶走,并阻止亨利向她求婚。亨利最终上门为父亲无礼的行为道歉,从而赢得莫兰的爱。——译注

第三讲 存在的感受与艺术的感受

得同样完美。这是真正的戏剧才能。"他三心二意地考虑过进教会或海军，简·奥斯丁对这两个职业在道德方面多有敬重，可是尽管二者都是自立的主要手段，克劳福德的想法却是他人格弱点的反映——他不是把它们看作天职，而只是看作自我表现的机会。他与玛丽亚的通奸不仅无爱而且无欲，它不是出于激情，出于自我的自由流露，而纯粹是一次角色扮演，是情节所需要的角色扮演，因此是不可饶恕的。至于玛丽·克劳福德，她的魅力与弟弟亨利不相上下，我们原本指望，她的活泼放肆能成为一种有益的、针锋相对的准则，以对抗这部小说也坦然承认的曼斯菲尔德庄园四处弥漫着的枯燥乏味，但结果是，她的才智根本不能被视为精神促进新的、更自由进步的存在方式时的一种能量。实际上，它的倾向是倒退的——它对曼斯菲尔德庄园的诋毁不是在争取解放，而是对奴役的默许，是对市侩原则的玩世不恭的认同，是对卢梭斥为一切真正存在之敌人的都市社会的投入。

对今天的读者来说，《曼斯菲尔德庄园》可能是一部令人不适的作品。即使是那些热爱简·奥斯丁并对她忠心耿耿的人，也需要费一番特别的努力才能接受这部小说；那些对作家并不十分效忠的读者则通常会对小说抱敌视的态度，甚至感到恼火，因为他们觉得小说带有肤浅、狭隘的道德说教和对责任义务的党派偏见，乏味而道貌岸然。但是,《曼斯菲尔德庄园》的主要过错并不是人们所归咎于它的在具体的道德评价方面的庸俗,而是它对现代心灵基本品性的公然冒犯,对已经养成并受到珍视的感知与评价习惯的公然冒犯——我们力求用辩证的方式来看待现实,《曼斯菲尔德庄园》却在是非对错的问题上旗帜鲜明,绝不含糊,这使我们感到愤怒。我们感到窘迫狼狈,我们心生一种焦虑。怎么可能不这样呢?一部以错综复杂而著称的艺术作品,有着无可置疑的光辉热情,却与我们对艺术的期待背道而驰。我们已经懂得并相信,理想的艺术,我们最热爱的艺术,应该对辩证的方式加以肯定,应该对绝对论的约束加以松解。但是《曼斯菲尔德庄园》却无情地拒绝了辩证法,并企图把绝对论的约束更牢固地加在我们头上。鲜明的现代直觉告诉我们,开明大度的心灵只有抱着发展变化的态度,放眼未来,相信矛盾是相互作用的、是能够解决的,才能区分对错好坏,可这部小说对此却不以为然。对直接的、实用主义的评价的超越会带给我们种种快感,比如严肃而心胸宽广的超然,比如反讽,比如对无限未来的信心,可这部小说对此却无动于衷。它反对顺时权变的辩证方式,它认可的唯一评判时刻就是此刻:在当下而不是将来,事物才是它们真正所是的那样。一部艺术作品,观念如此狭隘,当然会让我们痛苦,让我们焦虑。尤其重要的是,因为我们都明白,这种说法就等于是说，即使读者本人也不是他乐于想象他会成为的那个人，而是无可避免地是他此刻所是的人。这是一种阴沉的思想，一种古旧的思想，它使我们无法喜爱我们的文化。但一旦习惯最初的不自在，我们就能在其中看到一种奇怪的安慰力量。

第四讲　英雄的、美的、真实的

THE HEROIC, THE BEAUTIFUL, THE AUTHENTIC

1

几年前,在撰写有关简·奥斯丁的文章时,我参考了理查德·辛普森于1870年发表在《北英评论》上的一篇文章。无论当时还是现在,我都觉得,这篇论文给出了对奥斯丁文学成就的最佳概述。更值得注意的是,辛普森可能是第一个以严肃的批评态度对这个主题进行思考的人——也就是说,第一个超越了仅仅表达愉悦和欣赏,或仅仅思考简·奥斯丁与司各特和莎士比亚之距离的人,他致力于描述这些小说的内在品质和丰富内涵。关于后者,辛普森的文章理所当然地认为,这位小说家关注的领域是很全面的,他认为奥斯丁没有局限于仅仅关心女性的命运,而是延伸到对"人"这个总的主题的思考,对社会中的人及其在社会中的自我实现的复杂过程的思考。辛普森指出:"作为一个单元,人(对奥斯丁来说)只能在各种社会影响中形成他自己。奥斯丁思考的是一个人的历史,而不是单个的灵魂及其隐秘活动，不是个体的功能及组织分析。她发现，人不是自我完成的孤独的存在，他只能在社会中完成。""……在她眼里，德性既不是明确固定的量，也不是可以规定的质，而是……一系列渐进的心灵状态……"[1]

这是令人称许的看法。同样让人称道的是，这位批评家指出，简·奥斯丁"浸润"于一种"柏拉图式的观念"里——她信奉"智性之爱"的观念，后者认为，人与人之间能够存在的最深刻真挚的关系就是教育关系。授受有关正确举止的知识，一方帮助另一方培养性格，一个人在成长过程中接受另一个人的指导，这就是教育关系。爱情立足于教育，这种说法在一些现代读者看来未免古怪，更让另外一些人感到厌恶，但毫无疑问，它却是简·奥斯丁的艺术力量与魅力中的决定性因素。而且，如果要阐明小说这一文类在19世纪所发挥的力量与魅力，我们就必须充分考虑到它的教育目的，考虑到读者能够感受到的那种扑面而来的爱，这是小说为他的道德健康担忧、为他的发展是否走上正途操心时所表现出来的爱。

从指导的角度出发去看待生活，这并不是什么新的文学观，文学始终具备教育的功能，并因此被准许乃至推崇。但在基督教传统中，这一点就特别重要了。当不

---

[1] 《北英评论》(*The North British Review*, lii, April 1870)，129—152页。

断加快的社会流动使得何为正确的举止成为问题时，文学这样做就是在用新的活力为自身赢得地位和尊重。

不过，尽管教诲性文学模式已经在19世纪获得了优势地位，但当时这位鉴赏力训练有素的读者仍不免心怀忐忑。这位令人尊敬的维多利亚时期的批评家在对简·奥斯丁有关道德生活的认识进行归纳时是有所保留的。他的表述一度陷于战争语汇之中，什么"斗争"啦，"战胜"啦，还说"（在奥斯丁那里）个体的心灵只能被呈现为一个战场，争斗着的各方在这里排兵布阵，胜利一会儿倒向这边，一会儿倒向那边"。我们一定清楚，这种说法是不正确的，不能准确传达简·奥斯丁所理解的道德活动的本质。不过我们很容易理解为什么这位批评家要诉诸宏大的军事比喻——这是一种简便的办法，表明小说的意义重大，值得人们尊敬，因为过去只有英雄模式的作品才会引起人们的尊敬，这些作品本质上由军事德性所定义，而悲剧又最能够赢得这种尊敬，因为悲剧这一文类的特征最初就是依赖英雄模式形成的。我们发现，这位出色的批评家隐隐约约地意识到了简·奥斯丁小说的重要性，不过他在描述真实情形时是有局限的，他用的语言不合适，他从不合时宜的英雄文体中借用术语来描述教诲性的文学。

就性质而言，教育学与悲剧这种英雄性文类是格格不入的。虽然这一点未曾明言，但教育学认为，在造

第四讲 英雄的、美的、真实的

成自我的任性放纵方面，在对理性、审慎和道德的傲慢与蔑视方面，悲剧是难辞其咎的。悲剧它邀请我们能够从中发现某些教育意义，但我们不能把这种邀约看作是真心诚意的。我们无法说服自身，两部关于俄狄浦斯的悲剧教给了我们什么，或显示出主人公学到了什么。是的，悲剧常常是关于知与不知的，它们自身站在知的一边，但对这种派性做法我们应该小心，免得陷于那些批评家们所处的不愉快的境地，他们说李尔王和葛罗斯特伯爵的遭遇是合算的，因为他们的痛苦在他们临死之前"教育"了他们。如果《俄狄浦斯王》这样伟大的悲剧旨在得出这样的结论，即命运是神秘的，认识自己父亲的孩子才是聪明的孩子，或《李尔王》这样的悲剧试图告诉人们，世界是令人不安的，其主宰性力量在道德方面是无可理喻的，那么我们就会说，悲剧除了超越实际生活、否定实际生活外，它其实跟实际生活中的行为并没有什么关联，它歌颂的是排除了理性、审慎和道德的神秘性。教育学反对悲剧，原因就在这里——它斥责悲剧从根本上缺乏严肃性。

过去某个时期，教诲性文学模式公开表示对英雄性文学模式的怀疑和敌意。在谈到小说这种文类时，雅克·巴尔赞说："从它的源头《堂吉诃德》和《汤姆·琼斯》开始，小说始终在跟两样东西不懈地斗争——我们的文化以及英雄模式。"[1]当然，小说并非孤军作战：英雄模式在它自己的堡垒，即戏剧里发现了敌人，福斯塔夫与霍茨波同台共处，《特洛伊罗斯与克瑞西达》对英雄模式进行无情的嘲弄，这些都是证明。[2]但巴尔赞选取小说这一杰出的教诲性文类作为英雄生活观的对立面是对的。瓦尔特·本雅明认为，讲故事的一个鲜明特征就在于它有一种教导他人的冲动，这是故事讲得生动的前提。他说，讲故事追求的是"实际的利益"，它要"有用"，有"忠告"要说，它的目的是"智慧"。[3]如果这种说法正确，那么小说就其本性而言是与英雄模式相对立的，因为小说起码在其源头上是致力于讲述故事的。

英雄模式是或曾经是什么呢？英雄是什么呢？

已故的罗伯特·沃肖曾就此做过很好的回答。在一篇有关西方电影的文章中，他说："英雄就是看上去

---

[1] 巴尔赞认为这种说法是他自出机杼，但和我一样，他也搞不清究竟是在哪里说这番话的。

[2] 福斯塔夫与霍茨波是莎士比亚历史剧《亨利四世》中的人物。福斯塔夫是一个没落的骑士，贪生怕死，吹牛撒谎，可以说是英雄形象的对立面。霍茨波则是一个任性卤莽、骁勇善战的大将，甚至敢于与国王亨利四世为敌，最后被哈尔王子即后来的亨利五世杀死。亨利四世曾对哈尔王子称赞霍茨波是一个英雄。《特洛伊罗斯与克瑞西达》是莎士比亚的一部以特洛伊战争为题材的剧本，其中对英雄的好色、奸猾多有描写，并通过忒耳西忒斯这个近似小丑的形象对英雄们进行了肆意的谩骂和攻击。——译注

[3] 本雅明：《讲故事的人：尼古拉·列斯科夫作品论》(W. Benjamin, "The Storyteller: Reflections on the Works of Nikolai Leskov", *Illuminations,* ed. H. Arendt, trans. H. Zahn, New York: Harcourt, Brace; London: Cape, 1970, pp. 86-87)。

像英雄的人。"[1]沃肖的观点与玛格丽特·比伯的观点基本上一致,在关于希腊戏剧的一本书中,比伯说,英雄是一个演员。[2]显然,在他们尤其是比伯看来,英雄的观念只有在次要意义上才是个道德观念,它并不比说一个舞蹈者的舞姿优雅含有更多的道德意味。近来在我们的日常语言里,英雄的观念多少已经与原初认为该概念应具有的一种道德品性相吻合了:一个人以非凡的勇气做出受到赞许的行为,我们就称他为"英雄"。但在古代文学对英雄的理解中,勇气只是一个要素,尽管这个要素是基本的,却不是决定性的。那时的人们实际上认为,一个人成为英雄,他理所当然要得到众神的恩宠,甚至还要拥有某种遗传的神性,这种恩宠或继承的神性一目了然。它所赋予人的那种高贵尊严不是什么有待揭示或最终才被认识的潜质,而是就明明白白地表现在言行举止、体格风度方面,它自己昭示自己。英雄就是看上去像英雄的人,英雄是一个演员,他表演他自身的高贵感。

并非所有的文化都有这样的英雄观念。在研究华

---

[1] 罗伯特·沃肖:《西方人》(R. Warshow, "The Westerner", *The Immediate Experience, Garden City,* New York: Doubleday, 1962, p. 153)。

[2] 玛格丽特·比伯:《希腊罗马戏剧史》(M. Bieber, *The History of the Greek and Roman Theatre,* 1st ed. Princeton and London: Princeton University Press, 1939), 15页。

兹华斯时，我曾有机会注意到，在犹太教拉比们的文献中，没有什么英雄观念的痕迹。在谈论美德时，犹太教士们从不说勇敢是一种美德，而对亚里士多德来说，这是英雄的基本品格。犹太拉比们知道，他们中的许多人将会为信仰而死去，而他们依旧对勇敢无动于衷，这就更让人惊异了。对我们的观点来说，这里很特别的一点是，作为伦理性的存在，犹太拉比们从来看不到他们自身——就好像禁止制造偶像的诫律也延伸到他们看待个人道德存在的方式之中。他们不会想到什么斗争、困境、艰难的抉择、反讽、命运，他们不会想到任何有趣的事；他们从未想到将道德视作戏剧。他们会很容易理解英雄就是一个演员这样的定义，会说这样的英雄不值得严肃的人们去关注。亚里士多德所理解的那种德性完备的人看到的恰恰是他自身：他有着至高无上的善，即他是一个"恢弘大度"（megalopsychia）的人，或"灵魂伟大的""有着贵族般骄傲"的人[1]，人们可以根据他的举止方式，他从容的步态、深沉的语调、平稳的谈吐、对待下等人的有意的反讽态度来识别他——有德的人是一个演员。在研究诺斯替教时，汉斯·约纳斯曾对斯多亚派伦理体系中的戏剧元素进行分析。"'扮演

---

[1] 关于亚里士多德所说的这种"恢弘大度"的人及其英文翻译，读者可参阅罗素的《西方哲学史》（上）（何兆武、李约瑟译，北京：商务印书馆，1963年），227—229页及相关注释。——译注

自己的角色'——这样的说法在斯多亚的伦理学说中不断出现——无意之间暴露了其意义的虚构特征。一个扮演的角色代替了一个功能的实质执行，演员在舞台上"——也就是说，人生的舞台上，道德生活在其中上演——"表现得'好像'他们在行使自己的选择，'好像'他们的行为很重要。实际上真正重要的只是，他们要演好而不能演砸，这跟结果没有真正的关联。演员们勇敢地演着，他们是他们自己的观众"。[1] 这种宇宙性的道德戏剧与犹太教拉比风马牛不相及。而且即使我们在犹太教的传统中从犹太教拉比们追溯到圣经，我们在那里也看不到英雄模式。我们对大卫其人的兴趣无与伦比，但这却不是对英雄的兴趣。弥尔顿尽力按照希腊人的方式塑造了参孙这一形象，但即使是在弥尔顿的诗篇中，参孙也不是一个真正的英雄，更不用说在《士师记》里了。面对神秘莫测的人类苦难的俄狄浦斯是一个英雄，面对类似苦难的约伯却不是。

希腊人对英雄真实性不抱任何幻想。亚里士多德在比较悲剧和喜剧时就此说得很明白：英雄只存在于悲剧之中，因为悲剧描写的人比实际上的人要好，也就是说，更高贵，更令人敬畏，更有尊严。悲剧的全部重要性取决于对英雄的"拔高"，戏剧的每个外在要素——

---

[1] 汉斯·约纳斯：《诺斯替教》(H. Jonas, *The Gnostic Religion,* 2nd ed. rev., Boston, Beacon Press, 1963)，249页。

语言、动作、服装——都必须服务于这种"拔高"。不存在喜剧性的英雄，因为喜剧展示的是比实际的人坏的人，也就是说更卑鄙，更少敬畏和尊严。当我们第一次听说这些著名的定义时，我们不免感到困惑，为什么这位博学深思的哲学家从未想到会有一种文类，那里的人就是他本来的样子，既不更好也不更坏呢。

有时我们会想，喜剧是对悲剧的回应，就其本质而言，它是对英雄的反动。但同样也可以说，英雄观念的萌芽就在喜剧之中，当人们认识到自己滑稽可笑的时候，他们就孕育了尊严的观念。人们一旦对自身的生理功能进行打趣，对排泄、交欢和奇怪的形体变化中蕴含的荒诞性进行揶揄，他们就会着手让自己变得比本来的样子更高贵些。除了想象他们可能成为的高贵模样，人们还有什么办法认识到自己的卑贱呢？卑贱的存在状态迟早会让人们感到压迫和厌烦，从而激起他们的嘲笑。

与在日常生活中一样，在文学里，英雄原则和反英雄原则的争辩也是心理的一种自然摇摆，一种取舍：或者信奉超我，这是我们主导性观念的宝库；或者信奉本我，这是我们本能冲动的核心。但在文艺复兴时期，超我的英雄气派遇到新的对抗，这种对抗来自自我（ego），即其功能在于保存自身的那个自我（self）的方面。英雄模式之所以遭到抨击，不仅因为它是荒诞的（这种荒诞既表现为风格上的拔高不过是装腔作势，道

第四讲　英雄的、美的、真实的

德上又不免矫揉造作),而且因为它妨碍了生活中的实践行动。文艺复兴时期的作家们一方面着迷于英雄观念,另一方面又对它进行深刻的批判。奥赛罗的性格和命运可以称得上是这种矛盾态度的一座纪念碑,他的不加防备,既说明他有意维持一种高贵的风度,也说明他盲目信奉英雄气派。这个英雄实际上就是一个演员,他的角色就是他覆灭的罪魁祸首。

莎士比亚对哈尔王子成长经历的描写生动而典型地反映了文艺复兴时期人们的感受,即英雄观念是实际人生事务的障碍。年轻的王子要想成为国王,他不但要抛弃福斯塔夫,像他一开始就试图要做的那样,还要战胜具有蛊惑性的亨利·霍茨波,后者曾被哈尔王子的父亲称赞为英雄理想的体现。我们应该知道,虽然福斯塔夫是一个耽于酒色的没落骑士,霍茨波是一个一意孤行的英雄,但在幼稚的自恋方面他们是毫无二致的,他们的行事法则就是目无纲常。塞万提斯与英雄观念之间的交道复杂而矛盾,很难一语道清,但就我们的论题而言,只要说明一点就够了:《堂吉诃德》源于作者的一个简单的意图,即坚决拥护日常实践的要求,反对英雄观念。菲尔丁热爱塞万提斯,公开声称是塞万提斯的信徒,他实际上也困惑于英雄传统与真实世界的不一致。在他看来,最妙的玩笑莫过于把英雄世界和真实世界拼在一起,他照描写特洛伊城外战斗的方式来描写一群乡村妓女乱哄哄的打斗，他在塑造一个弃儿英雄时，硬是把俄狄浦斯换成了汤姆，他认为这是所有名字中最滑稽的一个。菲尔丁对希腊古典文学非常崇拜，但又身陷地方法庭，整天跟社会学、犯罪学的小册子打交道，因此对他来说，一个始终令人惊讶的事实就是，他所理解的那种文学与他不得不面对的生活是极不协调的。逐渐地，欧洲文学家们与斯威夫特走到了一起，他们欣赏的是具有这样一种美德的人，他一改过去那种只顾一点、不及其余的做法，既心存高远，又脚踏实地，既栽花，又种草。人们积极而热情地响应日常生活的要求，狄德罗的那部伟大的《百科全书》就是证明。

但是，不断增长的对真实生活的关心，对具体平凡、无所提高的实际生活的关心，不仅只是为了现实实践，它还是一种崭新的或被重新发现的精神经验的土壤。寻常生活有难以对付的物质需求问题，这些问题似乎暗示出生活是平淡无奇的，而现在强调这一点，就会使那些时不时地出现的超越性时刻变得更加美妙。人们将会认识到，这正是乔伊斯所谓"顿悟"（字面意思就是"显现"）的基础。顿悟基于这样一种设想：人类生活大部分时候是单调乏味与琐碎平庸的混合，习惯和需要的重压使存在变得衰弱或瘫痪，因此，那偶尔显现的东西，虽然没有该词所意指的那种传统的基督教的神圣意思（主的显现），但也与神性观念相吻合——它就是我们所说的精神。当然,最终所揭示的常常是以否定形态出现的精神,是被日常生活贬低和僵化的精神,但突然的揭示有时会改变其乏味和平庸的性质,从而使它充满意义。[1] 乔伊斯把顿悟本身看作一种体裁,因此他比较接近该词的一个既定含义,即启示是突然发生的,是一道闪光。不过,我们也许可以把整部《尤利西斯》看作一次顿悟,是布卢姆的精神超越他令人烦扰的平庸生活而不断显现的过程。当然,这就是人们所常说的布卢姆与堂吉诃德的亲缘性之所在:在两个人的存在中,平凡的、实际的东西都占了上风;两个人都受日常需要的束缚,他们的身材都明显怪诞,因此他们与亚里士多德的那种有着贵族般的自由、尊严的卓异英雄不可同日而语。[2] 但是,布卢姆和堂吉诃德都超越了外在现实的束缚,根据新的英雄定义,他们是我们所愿意称道的英雄。赫拉克利特说得好,下降的路与上升的路是同一条。

---

[1] 理查德·艾尔曼区分了"热情奔放的顿悟"和"单调的、轻描淡写的顿悟"(Richard Ellmann, *James Joyce,* New York and London: Oxford University Press, 1959, p. 169)。"有时顿悟是'与上帝灵交式的',这是乔伊斯大胆从基督教借用的又一个术语,但赋予了世俗的意思。这是些完美的或激情的时刻。有时顿悟的报偿出于别的原因,明显带有令人不快的经验色彩。乔伊斯独树一帜地认为,精神在这两个层面上昭显自身。"(第87页)

[2] 我这样说,是接受了关于布卢姆的一般看法,即他的个子矮墩墩的。但实际上他既不矮也不胖,他身高约一米七四,因此在1904年的都柏林要比一般人高,相对于这样的身高,164磅的体重对他的年龄来说不会显得太胖。

在个人气质与公众"形象"方面,乔伊斯与华兹华斯的差别很大,但从乔伊斯的书信中我们发现,在他写作生涯的一个重要时刻,即创作《都柏林人》的时候,他对华兹华斯怀有特殊的尊敬。乔伊斯说,华兹华斯是"所有英国文人中最配得上称为'天才'"的人。[1] 如果我们认为,这个言过其实的断言主要是基于华兹华斯对顿悟的喜爱,这样的理解不会太错。

华兹华斯的顿悟有两种各具特点但彼此关联的形式。一种顿悟是,精神从自然中显现,突然的启示向诗人传递出一种超验的信息,照亮了他对人之存在的理解,或他自己要走的路。这种顿悟的一个例子是华兹华斯在山间黎明时分的体验,他因此决意成为想象力的祭司。另一种顿悟不甚壮丽,更接近乔伊斯的顿悟[2],其中心或中介是某个不得志的人——捉蚂蟥的人、凄凉的弃妇、途中的老者——他或她不经意的一句话、一件事,或一个动作,都会突然昭示诗人个人存在的某个方面,进而暗示整个存在的奇妙。低贱的社会地位,甚至生理上低贱的生命,是给华兹华斯以顿悟的那些人的必要条件:一个步履蹒跚的老人,一个绝望麻木的妇

---

[1] 《乔伊斯书信集》(*Letters of James Joyce*, vols. ii and iii, ed. R. Ellmann, London: Faber; New York: Viking, 1966),91页。
[2] 但是我们必须把光辉的时刻也包括其中,那是世界向斯蒂芬·迪达勒斯显现它的美的时刻,是世界使顶礼膜拜时的华兹华斯成为艺术祭司的时刻。

人，或一个吐字不清、叫不出月亮名字的傻小子。这些处在发达生活边缘的人是否拥有丰富的人性，我们实在感到怀疑，但这恰恰是华兹华斯选中他们的原因，因为顿悟昭示的是，这些人顽强地作为人（human beings）而存在着。在这种情况下，重点恰恰不是落在"人"（human）上，而是在"是"（beings）上。对华兹华斯来说，"是"（be）所具有的力量是不存在夸大情形的，他在用这个词时似乎有这样一种意识，即它构成了上帝的名字。在劝他的妻妹正确地去欣赏《坚毅与自立》时，他说："它表现的是什么呢？'一个孤独的地方，一个池塘，旁边是一个老人，远离一切房子或家——不是站着，不是坐着，而是"是"——这是最质朴简单的形象。'"[2]

20世纪初，人们在评论华兹华斯时经常提到卢梭，现在不怎么提了。毫无疑问，这是一种正确的修正，我们过去对卢梭影响华兹华斯的估价未免太高。但需要记住的是，这两个人有一种联系，他们都强烈地关注个体的生存经验。正如我们已经看到的，卢梭把它称为"存在的感受"，华兹华斯也是如此。对他们来说，存在的

---

1 《坚毅与自立》是华兹华斯写于1802年的一首诗，描写了一个靠在荒原上捉蚂蟥为生的老人，从老弱者的身躯中，诗人看到了顽强的生命意志。——译注

2 华兹华斯1802年6月14日的信（*The Early Letters of William and Dorothy Wordsworth,* ed. E. de Selincourt, Oxford: Clarendon Press, 1935, p. 306），这句引文来自《坚毅与自立》的一个初稿，现在这个初稿遗失了。

感受是来自直觉的颠扑不破的真理。他们的看法与惠特曼一致，后者说，这是"最坚固的基本事实，是通往一切事实的唯一入口"。那些以此作为入口的事实是社会生活的事实、政治生活的事实。我们只有通过对个人自我的自觉体认与确信，才能获得对他人的认识。

2

在谈论卢梭或华兹华斯时，我们当然始终不能离开真诚的观念。但是，真诚却没有影响到他们的本体论关切、对存在感受的关注，或者说至少没有构成首要的影响。前面我提到，说族长亚伯拉罕是一个真诚的人或不是一个真诚的人，这会显得很荒谬。同样，如果我们对华兹华斯《迈克尔》中的主人公进行真诚方面的评价也会显得很荒谬。迈克尔是一个老迈的牧羊人，一个父亲。诗歌的高潮就在一句，任何读过此诗的读者都不会忘记那一句：儿子路克在腐朽的城市堕落不归后，迈克尔继续搭建那个他和孩子曾一起举行仪式开始搭建的羊栏，他的邻居说他有时就成天坐着，"却不曾在那上边垒一块石头"。如果我们竟然还要问这种悲伤是否真诚，哪怕是为了得到一个肯定的回答，我们的提问也是极其荒谬的、放肆的。我们不能提出这样的问题，这正是我们对这首诗的根本感受。迈克尔什么也没有说，他什么也没有表达。他与哈姆莱特不同,后者内心有"言语无法表达的东西",而迈克尔却没有什么内外之分,他和他的悲伤是一回事,因此我们不要再说什么真诚。但是对迈克尔的存在,对——恕我直言——他悲伤的存在,我们的感受是一种惊奇,好像它的真实是一种例外,很珍贵。我们有责任用一个词来指称这种存在的性质,来说明我们赋予它的崇高价值,我们所想到的一个词就是"真(实)"(authenticity)。

这个词的意味并不妙。当我们用它来指人类生活时,它最初是来自博物馆,那些对真假很在行的人对艺术品进行甄别,看看它们是不是它们看上去的那样,是不是人们所认为的那样,是不是物有所值——如果已经付了钱,则要看是不是值得人们给与它的嘉许。今天这个词已经成为一个道德俚语,这种情形揭示了我们独特的堕落处境,说明我们对存在的可靠性和个人存在的可靠性感到焦虑。18 世纪的一位美学家——爱德华·扬明白地表达了我们的关切,他说:"我们出生时乃是原创,怎么死的时候却成了拷贝?"

要回答这个问题,谁都不会觉得困难。卢梭告诉我们,破坏我们的真的,是社会——我们存在的感受依赖着他人的意见。在卢梭思想的中心有一个理想的真的人,但我认为,不管对他同时代的人来说这个理想的人形象多么清晰,在现代人眼里还是太抽象或太温和了,无法抓住现代人的心。《论科学与艺术》说，社会形成之前的人是真的，但在我们看来，这种真仅仅在于他不假；卢梭说，日内瓦资产阶级共和国的成员是真的，但这种真在于，他不是一个巴黎人，或者最生动形象地说，他有一个度周末的小屋，一杆枪，几个一起喝酒打猎的朋友。我们近来对真实的理解包含了某种粗陋、具体或极端的东西，这是始终认同贵族礼仪理想的卢梭所无法赋予我们的，而华兹华斯为我们做了出色的描绘。迈克尔就像他举起或放下的任何一块石头一样，实在、坚硬、厚实、沉重、持久。

柯尔律治对华兹华斯的一首从真实存在获得顿悟的诗持强烈的反对态度。他说，《傻小子》必然会伤害读者的感情。过去我们会对这种说法表示赞同，但现在就不太同意了，不过它还是会激起我们的抵触情绪。但即使当我们欣赏它（我们应该这样做）时，我们也不能不看到，伤害正是这首诗的意图的一部分。这种情形表明，真实无疑是一个喜爱争辩的概念，它的本性就体现为，它以挑衅的姿态去对待已经广为接受的、习以为常的看法，首先是美学的看法，其次是社会的和政治的看法。它所争辩的一个论题既与美学看法有关，也与政治看法有关，这个论题就是，美是艺术所追求的最高品质。在真实看来，这种观点是错误的。

我们知道，有一种艺术品质被——或曾经被——

称为崇高，就此做一些思考，我们会对真与美之间的关系有一些认识。崇高与真实当然不是一码事，但二者有一个共同点，它们都是美的夙敌。在撰写《论崇高与美两种观念的根源》时，埃德蒙·伯克将高级艺术所拥有的两种品质——崇高与美——相对立，并直言不讳地强调了这种对立所具有的社会意义。这个外省来的年轻人才华横溢，志向远大，并且矢志不渝。我们一点也不怀疑，他那以崇高对抗美的审美偏好是他天才活力的产物，是他对社会认识的产物。关于如何建构社会，如何对社会进行统治，如何让社会服务于他的目标，伯克都有自己的理解。他明确地把崇高与男性气概、男人的雄心壮志联系在一起。他说，崇高的鲜明特征就是引起"恐怖"感的能力，它在我们心中激发起面对并征服它的力量；恐怖感能刺激进攻和统治的活力。相反，美与女性气质相关联，它诱使男人不知羞耻地慵懒怠惰、贪图享受。在美的有害影响下，男人的身体有许多变化，伯克就此进行了描绘，这也许是这部冗长的美学理论著作中唯一一段滑稽的文字。这部著作告诉我们，美是物体中能引起爱的那种性质，它通过使观照者"整个系统的固形物得到松弛"而起作用，并达到这样的效果："头倚靠在旁边的某种东西上，眼皮比平时闭得更紧了，嘴巴微微张着，呼吸变得舒缓，不时发出一声轻轻的叹息，整个身子非常安详，双手悠闲地垂在两侧。所有这一切都伴随着内在的消融乏力感。"[1]

伯克对美的贬低，对崇高所引起的活力的推崇，对后世大多数美学理论产生了影响。例如，在《论崇高与美两种观念的根源》的影响下，席勒就提出美有两种：一种叫"柔性美"，它松弛我们的肉体和道德；另一种叫"刚性美"，它让我们面对困难、艰苦甚至难受的体验，增加我们的"灵活性及迅捷行动的力量"[2]。席勒说，这两种美都有助于人的发展，其作用分别取决于特定时期的文化环境。在1793—1801年间写作《美育书简》时，席勒倾向于认为，刚性的活力是时代趋势，"对于在文明风雅的熏陶之下的人，刚性美是不可缺少的，因为在文弱的环境中，未免太容易忽略了人从粗野的环境中带来的一种精神力量"[3]。

我们再次想起了卢梭在18世纪后期的美学革命中所发挥的作用。伯克是卢梭的死对头，席勒则是卢梭的信徒，但他们二人都响应卢梭对艺术旨在取悦的谴责。

---

[1] 伯克：《论崇高与美两种观念的根源》（E. Burke, *A Philosophical Enquiry into the Origin of our Ideas of the Sublime and the Beautiful,* ed. J. T. Boulton, London: Routledge; New York: Columbia University Press, 1958），149—150页。
[2] 席勒：《美育书简》，113页。（"柔性美""刚性美"的译法来自缪朗山先生翻译的《美育书简》[《缪灵珠美学译文集》第二卷，北京：中国人民大学出版社，1998年，174页]。朱光潜先生在《西方美学史》[下卷，北京：人民文学出版社，1979年，451页]中将它们分别译为"熔炼性的美"和"振奋性的美"。——译注）
[3] 席勒：《美育书简》，115页。（缪朗山译本175页。——译注）

第四讲　英雄的、美的、真实的

我们知道，在卢梭看来，正是由于这一点，艺术在明显地败坏存在的感受方面成了社会的榜样。当伯克说"我把美叫作一种社会性质"时，他与卢梭的观点非常相似，因为后者说艺术有使人社会化的功效，也就是说，艺术使人们变得被动、顺从。但伯克、席勒二人与卢梭的分歧在于，前者认为艺术在取悦之外还有别的意图和效果，在迁就与纵容观众之外还有别的目的。

这里我们也许应该注意一下语义上的细微纠纷。"取悦"（please）有一层含义，它往往倾向于把自己的用法局限于那些体积或意义方面相对较小的对象，那些能够适于"鉴赏"的对象；伯克特别把小当作美的一个属性。"取悦"另带一层在社会意义上巴结讨好的含义。而其名词形式"快感"（pleasure）一词则剔除了这些不光彩的意思，具有更庄严的含义。毫无疑问，这是因为"快感"习惯上与"痛感"相连，并且快感与痛感实际上是相互融合的（伯克对此给予了相当多的关注），因此在美学理论中，快感长期以来都被视为艺术的正当目的。崇高不取悦于人，但却能给人以快感，至少在快感就是指满足的时候。伯克说，崇高产生"一种膨胀感和胜利感，使人的心灵极度快适"[1]。直到今天，批评家们才不再继续试图用艺术带来快感来为它辩护，而更愿

1　伯克：《论崇高与美两种观念的根源》，50—51页。

意像苏珊·桑塔格那样说快感与艺术经验无关。[1]伯克的这种观点让我们有点吃惊，但还不至于手足无措，它以两个世纪的美学理论和艺术实践作为根基，而它们越来越不愿意考虑观众的习惯和喜好。艺术家——人们这样称呼他——不再是依靠观众认可的匠人或表演者，他的证明人就是他自己，或者是某种超验的力量，只有他或者这种力量在安排着他的事业，因此唯有他或它才配对这种事业进行评判。

准确地说，这种变化是一次革命。既然说到革命，那么将它与社会革命联系起来也就顺理成章。观众倒下去，艺术家站起来："打倒观众——把他吊在路灯杆上！"可实际上情形远比这种口号复杂。在那部赞美这一美学革命的著作《镜与灯》中，艾布拉姆斯说，观众命运的变化是"剧烈的"，他说的没错。但这种命运变化并非只是观众古老地位与特权的丧失，观众在失去的同时也有所得——得正是由于失。观众的命运变化是剧烈的，也是自相矛盾的：如果说观众倒了下去，那么这恰恰是他所获得的一次幸运的堕落；满足欲望的那个伊甸园失去了，但却带来了救赎的契约和更高、更有意

---

[1] 桑塔格只在发表她对我们现阶段作品的恰当看法时才把快感跟艺术经验分开的（*Against Interpretation,* New York,1966; London, 1967, pp. 302-303）。我的文章《快感的命运》（"The Fate of Pleasure", *Beyond Culture,* New York and London, 1965）讨论了现阶段快感与艺术的关系问题。

第四讲　英雄的、美的、真实的

义的生活的要约。现代观众对放掉迁就纵容、巴结讨好来换取他与艺术的那种苛刻的新关系当然不会感到后悔,相反,现在人们对艺术的爱或许比过去文化史上的任何一个时候都更炽热。这种爱表现为一种极端的要求:现在不再要求艺术取悦于观众,但却要求它能够提供生活的精神食粮。至于艺术家,即使他宣称他是完全自主的,对观众漠不关心,甚至怀着敌意与轻蔑,他也还是受到这样一种自信力的支撑,即他独自一人就能够给观众提供最深层次的需要。[1]

一个初步的难题出现了,因为观众并不能很快就意识到他向艺术家要什么,也不清楚他在多大程度上可以依靠艺术家。不过,最后交流总是成功的。观众对艺术家的要求——真正的要求,无意识的欲望——与艺术家认为他应该提供的东西最终是不谋而合的。我们当然知道这是什么:它是存在的感受。存在感受的另外一个

---

[1] 我知道,对观众与他所处时代艺术之关系的这种描述存在着时代上的错误,它所指的是现在文化史家们称为"现代"的那个阶段的观众与艺术。文化史家们说这已经是过去的事,代之而起的阶段他们称为"后现代"。眼下的艺术不能说对观众提出了苛刻的要求,我们文化中的那个对同时代艺术始终反应积极的部分完全渗透在这种艺术之中。对一部同时代的作品开始是抵触,接着慢慢地能够理解或佩服得五体投地的情况已经不会再出现了。现在的艺术家几乎不可能弄出一些结果证明确实对观众很苛刻、激怒了他习惯感受的东西来。观众可以喜欢或不喜欢它,可以感到愉悦或不愉悦——"鉴赏力"已经在艺术经验的中心重新确立了自己的地位。

同义词是"力量",席勒说,这种力量是"人从粗野的环境中带来的",他发现这种力量在高度发达的文化里很难保存。存在的感受就是身为顽强者的感受。顽强不是强大,卢梭、席勒和华兹华斯都不关心进攻、统治这类向外拓展的活力,他们关心的是这样的活力:它想方设法要坚守中心,要保持自我周身的完整,要使自己成为一个统一体,刀枪不入,持久,自主,他必须是这样的人,哪怕行动上做不到。[1]

整个19世纪,艺术的一个主要意图就是在观众心里唤起存在的感受,并召唤被高度发达的文化削弱了的那种原始的力量。为了达到这个目的,艺术提出了多种精神训练的手段,包括受苦、绝望、对宇宙的反抗,对他人的深切同情,对社会进程的理解,社会的异化。随着时代的发展,存在的感受,身为顽强者的感受,逐渐被纳入对个人真实性的理解认识之中。艺术作品因为它完全是自定义的所以本身是真实的:它根据自身的法则存在着,包括表现痛苦、卑鄙或为社会所不容的各种主题的权力。同样,艺术家也在他完全的自主性中寻求个人的真实性——他的目标是像他所创造的艺术作品一样自我定义。至于观众,他希望通过与艺术作品的交流(虽然艺术作品会抵制这种交流,令他不快,甚至对他

---

[1] 当然在这一点上席勒是不同于伯克的,我们知道,伯克看重的是艺术所激起的"雄心壮志",他对此欣赏备至。

怀有敌意）能获得自身的真实性，对他来说，艺术作品就是真实性的榜样，而艺术家个人就是生动的例子。在萨特的《恶心》中，当主人公罗康丹在那部恶心而绝望的日记末尾允许自己怀抱仅存的希望时，他的希望也许是要写一个故事，它"美丽，像钢铁一样坚硬，会让人们为他们的存在感到羞愧"[1]。真实的艺术作品让我们看到自己的虚假，它祈求我们克服这种虚假。

萨特那令人钦佩的年轻同行娜塔莉·萨洛特在她的一篇关于福楼拜的论文中指出，"今天我们所谓'虚假'"的那种性质，那种每个人都熟悉的性质，在过去还只是"一种新的心理内容"。我们应该将它归于福楼拜的发现，他在《包法利夫人》中"挖掘"或"重新创造"了它。这部小说的主人公的全部特征就是这种性质。萨洛特说："我们都记得那个虚假的世界，这是透过包法利夫人的眼睛所看到的世界。她的欲望、想象，她试图把生活建立其上的梦幻，所有这一切都是由最低俗无聊的浪漫主义作品中搜罗到的一连串廉价的意象构成的。她少女时代的白日梦，她的婚姻，她对舒适享受的喜爱，她对上流社会生活的幻想，对巴黎'艺术家、文人圈子'的幻想，她一再为他人、为自己扮演的那些

---

[1] 萨特：《恶心》（J.-P. Sartre, *Nausea,* trans. L. Alexander, London: Hamilton; New York: New Directions, 1964），237 页。

最陈腐老套的角色，我们只要想想这些就够了。"[1]

关于包法利夫人，这样的说法当然并没有什么新意，都是些关于爱玛的定论。在我看来，这样的说法也不完全准确，虽然可怜的、注定要毁灭的爱玛确实有些虚假，但她的存在却并非没有一点真实或价值可言。我们承认她不是一个完全成熟的人，但她的天赋也不该受到鄙视。她尽管轻率却并不乏勇气，她有着迷人的外表和一经唤起就洋溢的性欲望，对生活经验的观念点燃了她的想象力，她想象一个人人有趣味、个个受重视的社会，她要摆脱自己那种空虚无聊的生活，创造或抓住那个叫作生活的东西。无疑，她的气质中缺少某些东西，但却不是什么都缺，不至于缺到让绝大多数读者都认为可以居高临下地去看待她。但我之所以引用萨洛特那段被广为接受的文字，是因为其无情的挑剔的语调表明，我们现在所谈的真实性问题具有很强的道德意味。不幸的爱玛·包法利至少在不幸这一点上是真实的，她近乎精神错乱，并对死亡特别恐惧。但是她身上应当归之于她的那些虚假的东西太多，以至于萨洛特无法再给这个可怜的人哪怕一点挖苦式的同情。类似的犀利的评判也贯穿在萨洛特自己的小说中，首先开始于她的第一部作品《向性》。《向性》让我们感到奇怪，为什么这位傲慢

---

[1] 娜塔莉·萨洛特：《福楼拜》(N. Sarraute, "Flaubert", trans. M. Jolas, *Partisan Review*, Spring 1966, p. 203)。

第四讲　英雄的、美的、真实的

的天才作家在描写时总是选取渺小的以及可以说只是次要的人作为她严加审察的对象，这些人的存在既虚假又微不足道，在我们看来，他们根本不值得她劳神。为什么她要从她那享有特权的高地走下来，明确表示她对这些无足轻重的人的厌恶呢？那些人就像小说标题所示的那样，根本就不是人。

也许，答案可以在萨特的那句名言"他人即地狱"中找到，萨特用这句话为他的现代诅咒《禁闭》中的观点下了结论。这个警句出自剧本中一个可憎的自欺者之口，它绝不是剧本所要强调的意思，相反，剧作本身想表达的是弥尔顿的那个意思："我自己就是地狱。"但这句名言对那个较为古老的原初真理做出了重要的现代修改——它指出，现代社会存在将走向地狱这条不归路，就像卢梭曾经描绘并加以哀悼过的那样，在那里个体存在的意义是依赖于他人的。所有的他人，那在感受力和文化程度方面参差不一的整个公众，构成了这个认可虚假、精于虚假的地狱，他们制造了现代世界这一我们置身其中的虚无。他们道出了我们自己的处境，我们成了互相从属的成员。有一些人则被免除在外：穷人、被压迫者、强悍的人和原始人。但任何一个在社会秩序中（我们自己就厕身其中）占有一席之地的人都已知要共担这个注定的命运。这一席之地有多小并不重要，只要能立足就行：当萨特着手检讨一例虚假的存在时，他选择的形象就像《向性》中的任何一个主人公一样渺小而次要——他笔下的那个出名的侍者自己都不把自己当作一个人，而是一个侍者，他就满足于扮演派给他的角色。[1] 弗洛伊德说："我们都病了。"同样，我们都是假的。

因此，萨洛特对爱玛·包法利的极度轻蔑就并非出于铁石心肠，而是出于恐惧。正如萨特在评论萨洛特时所说，这是对非人化的地狱的恐惧，而虚假就是这样的地狱。萨特说，她"对我们的内宇宙有一种原生质式的看法：搬开陈词滥调的石块，我们看到了分泌物、涎水、粘液；变形虫一般地蜿蜒蠕动。"萨特用"陈词滥调"——"一个绝妙的词语"——来指"我们最俗滥的思想，这些思想已经成为公众的聚会之所"。他接着说："正是在这里，我们每个人发现了自己，也发现了他人。陈词滥调属于每个人，也属于我。在我这里，它属于每个人，这是每个人在我这里的呈现。根本上说，它就是一般。为了据有它，需要一种行动，通过这种行动我剥除了我的特殊性，为的是追随一般，为的是成为一般。准确地说，绝不是像每个人，而就是每个人的化身。"[2]

---

1 这是萨特在《存在与虚无》中虚构的一个形象。为了说明"自欺的行为"，萨特举了一个咖啡馆的侍者的例子。——译注
2 萨特：《〈无名氏的画像〉序言》（J.-P. Sartre, introduction to N. Sarraute, *Portraits of a Man Unknown*, trans. M. Jolas, New York: Braziller, 1958, pp. xii, ix）。

这就是地狱，而最残酷的一点是，它的许多幻象装置让我们的种种挣扎都化为泡影，我们身陷一般性的陈词滥调之中无力自拔，我们无法走向真实的特定的存在。如果说包法利夫人没有得到她的命运本该得到的那种同情，如果说我们对她非常冷漠，像许多人那样居高临下，像萨洛特那样百般轻蔑，那是因为我们必须采取某种态度才能抑制我们在看到这个可怜的、该死的妇人惨剧时心生的恐惧，她试图逃出永镇那个陈词滥调的地狱，结果却走进了她那个时代的高级文化的陈词滥调的地狱。如果我们不是居高临下地、轻蔑地看待她，我们就一定会明白，当福楼拜说"包法利夫人——就是我"时，他并不是在自相矛盾地说蠢话。我们就一定会明白，包法利夫人是我们每个人。

"我们的内心都有想法／它们各自独立不依。"华兹华斯写这句诗时是1805年，那时独立不依的想法的强大魅力似乎还没有削弱。但如何才能到达这种状态呢？萨洛特虽然在说起当今小说的幼稚意图时很是自命不凡，但她却没有脱身于——也没有想脱身于——小说过去所履行的那种教育功能。与简·奥斯丁一样，她关心的是教导读者，如果他们真正想是什么，就该不是什么。应该不是什么，这一点至少是容易明白的，我们不应该是与别人一样的人。但一个人实际上如何才能达到这个目标呢？当萨洛特告诉我们说，除了《包法利夫人》，福楼拜在他所有的小说中都是不真实的时候，我们感到沮丧。但起码这位作家还有能够逃出那个一般性的地狱的时候。萨洛特说，福楼拜有一种不妥协的主体性，他以此"汰除一切芜秽"的旧习与传统，他拒绝接受文化为了他的轻松惬意而别有用心地提供的种种陈词滥调。但作为读者，我们的情况就不那么幸运了。

在萨洛特看来，爱玛·包法利的虚假在于，她用"从最低俗无聊的那类浪漫主义作品中搜罗到的一连串廉价的意象"来编织自己的梦想。我们不禁要问，如果包法利夫人有比较苛刻的鉴赏力，用更为可信的浪漫主义文学中的那些构思精妙的、值钱的意象来编织她的梦想，她的生活会更加真实吗？她存在的感受会更接近于独一无二吗？难道不是所有的艺术——那些被证明是最真实的艺术以及最令人羞愧的艺术——都在为那些有意照之形成自己经验的人提供培植虚假性的养料吗？把生活建立在最优秀的文化事物之上，会导致一种特别的虚假，尼采在创造那个可怕的短语"文化庸人"时，他想到的正是这一点。我们通常把资产阶级对艺术的抵制称为平庸，现在尼采说"文化庸人"，他指的是一种反过来的情况。他的意思是说，人们用艺术和高级文化、最高级文化的思想来衡量道德水准的高低。这表现在我们的时代就是，人们会轻易地接受艺术所归咎于我们的羞耻，人们总是把自己放在这样一个集体之中，那些人因为视自己是罪人而获得拯救。

卢梭是不该被嘲笑的。艺术不再试图"取悦"了,但取悦从来就不是引诱的唯一手段,艺术仍然能够引导我们把我们的存在感受依附于他人的意见。某种文化或某种文化之部分朝向真实的协同努力生成了自己的陈规、自己的一般性、自己的陈词滥调、自己的格言警句,萨特从海德格尔那里借了一个词,就是"饶舌"(gabble)。现在萨特本人已经为"饶舌"做出了自己的贡献,萨洛特也如此,纪德、劳伦斯同样如此。现代社会需要那些提醒我们身处堕落状态的文字,需要那些说明我们何以会对自己的生活感到羞耻的文字,那些想满足这种需要的人,也在为"饶舌"做出贡献。

第五讲　社会与真实

SOCIETY AND AUTHENTICITY

1

在我看来，康拉德的《黑暗的心》[1]是用文学的方式表达对真实的现代关切的典范之作。这部篇幅不长的伟大小说发表于19世纪的倒数第二年（1899），差不多可以说是适逢其时。《黑暗的心》并没有刻意要与人争辩，但总而言之，这部令人深深不安的作品是对欧洲文明的一次尖锐而彻底的批判。自它问世以来，还没有哪部文学作品在这一点上超过它。

《黑暗的心》与狄德罗的《拉摩的侄儿》在某些方面有着惊人的相似。一个道德品质完美无缺的人，一个敏感、沉思却无意对生活提出彻底质疑的人，简言之，一个像狄德罗／"我"那样的人，碰到了一个他，后者虽然不像狄德罗笔下的拉摩那样是一个狂野、玩世不恭的天才，但在小说里，他邪恶血腥的行为足以称得上是

---

[1] 中译文见王智量先生翻译的《黑暗的心》，收于赵启光编选的《康拉德小说选》，上海：上海译文出版社，1985年。——译注

一个魔鬼。但是，故事的叙述人马洛，这个"诚实的灵魂"，却对库尔兹崇敬忠诚得近乎五体投地，而这似乎恰恰是因为库尔兹的恶行。

像狄德罗的拉摩的侄儿一样，库尔兹的性格也不是三言两语就能够准确概括的。库尔兹命运的本质是，他被牵扯进了有史以来最无耻的政治谎言之一。1885年，俾斯麦召集的柏林会议宣布，比利时国王利奥波德二世直接拥有并统治所谓的刚果自由邦。利奥波德通过其代理人所实施的统治是专制和冷酷无情的，手段极其残暴。而这位伪善的国王却不费吹灰之力就让世人相信，他所做的是一件文明教化的工作，给生活在黑暗之中的同胞们带去了光明。马洛一踏上刚果的土地就发现，实际上的恐怖无情的压迫与他们所宣称的慈善意图是背道而驰的，他对此很反感。但是，比利时大贸易公司一家贸易站的代理人库尔兹却至少一度认为，他的工作不仅让这个国家的贸易对外开放，还让它沐浴在欧洲的文明之光中。小说并没有清楚的迹象表明，库尔兹曾经认识到他的国家正在进行巨大的欺骗，更不用说弃绝这种伪善了。

小说告诉我们，库尔兹是整个欧洲的产物。他父母的国籍是多重的，他是一个高雅艺术的爱好者，多少有些天赋，是一个作家、画家、音乐家，他宣称信奉理性的利他主义，这是有教养的善良欧洲人通常持有的伦理观。马洛最初在听人谈论库尔兹时，得知他是一个杰出的知识分子，品德高尚，这使他与他的同伴区分开来，并成为同伴们嫉恨的对象。故事令人震惊的突变是在这样一个揭露性的情节中：库尔兹孤身一人沿着刚果河逆流而上去搜集象牙，他成了当地一个部落的领袖和实际上的神，他的统治最鲜明的特征就是残暴。

需要说明的是，库尔兹并不是出于对"高贵良善的野蛮人"状态的多情幻想而选择野蛮生活的，相反，他对这种生活感到惊骇。库尔兹死后，马洛读到他所写的关于土著的一些措辞高尚堂皇的报告，但其中一篇报告却在信笔涂上的一句话之后突然中断了："消灭所有这些畜生！"马洛本人虽然曾有一次感到了野蛮生活的摄人心魄，却不接受人类学家通常在部落生活中所发现的魅力。他对这些土著表现出来的剽悍情不自禁地歆慕，但他认为养育这些人的文化是肮脏可怕的，其邪恶与压迫它的欧洲文化不相上下。他的措辞似带有《圣经》意味，并斩钉截铁：这样的文化是"可憎之物"。马洛也没有暗示说库尔兹通过投身野蛮的生活，进而在个人道德方面获得了救赎，他没有净化他身上所具有的欧洲人的任何恶，更不用说贪婪了。但对马洛来说，库尔兹是一个精神英雄，就像科罗诺斯的忒修斯珍爱俄狄浦斯一样，马洛珍爱着库尔兹，因为他是在为全人类犯罪。通过退到野蛮状态，库尔兹实际上触及了人们所能探及的文明构架的底部，触及了关于人的真理的底线，人性的最核心，他黑暗的心。那阴森森的真实散发着光亮，这种光不仅照在比利时贸易代理人的灵魂上、照在马洛所说的"软弱无力、装腔作势而又目光短浅的魔鬼"般的雇员们的灵魂上，也照在库尔兹那忠诚的未婚妻的灵魂上，她是欧洲所有自我珍视、自我欺骗的理想主义的化身。这位高贵的"未婚妻"仿佛一尊承受着丧亲之痛的纪念碑，她让马洛吃惊，因为她确信，她失去了的爱人是无可指责的、利他主义的骑士。

但如果马洛靠着这种光认识到文明是欺诈的、可耻的，我们就面临一个矛盾，因为他同时也热情地投身于文明，只要它是正确的那种。也就是说，只要它是英国的。小说的开篇是一幅光辉的景象，泰晤士河的港湾，一艘巡航的小帆船，实际上就是一首赞美诗。马洛和故事的第一叙述人把他们的声音汇入有着英国特征的河流之中。人们不由得想起这条河流曾经对来到此处殖民的罗马人所具有的意义——它原始幽暗，神秘莫测，充满威严，丝毫不亚于刚果之于19世纪的欧洲人的印象。但随着时间的流逝，这条英国的河流成为优秀人士尊敬的对象，他们看到其中"一种永志不忘的记忆所发出的庄严光辉"。泰晤士有它自己的光，这是世界之光的源泉："光明来自这条河流。"伟大的冒险家和开拓者都是从这里出发远航的，马洛说他们是"从圣火中取来火花的人们"，他们把"共和国的种子"，尤其是英国的仁慈，"帝国的萌芽"带到遥远的地方。诚然，其他土地上也有冒险家踏上殖民的征途，我们后来在故事中会听到关于法国人、德国人当然更多是比利时人的故事，但他们都不像英国人。"这些家伙却也没啥了不起，"马洛说，"他们是征服者，而要当个征服者你只需要有残暴的武力就够了……为了获得所能获得的东西，凡是可以到手的，他们都去攫取。这不过是在用暴力进行掠夺……"他接着说："征服这块土地，这主要是指从那些肤色不同或是鼻子比我们稍塌一点儿的人手里抢走它，这并不是一件漂亮的事情，如果你十分仔细地去对它观察一下的话，就会发现这一点。唯一能够给予补偿的是那种观念，那种隐藏在它背后的观念；这不是一种感情用事的装模作样，而是一种观念，以及一种对于这观念的毫无自私自利之心的信仰——这是一种可以去加以树立，对它顶礼膜拜，向它贡献牺牲的东西。"马洛绝不怀疑，唯有英国人才有这样的观念。

因此，《黑暗的心》是一个奇怪地向两个截然相反方向运动的故事，一方面，它认为文明就其本性来说是极其虚假的，只有将它所宣称的一切原则颠倒过来，我们才能从中夺回自身的完整性；另一方面，它绝对相信文明能够并且一定会实现它所宣布的目标，虽然不是总能实现，但至少对某个独特的重要国家来说是如此。

今天，人们几乎不可能不带着讥讽去看待马洛对英国的礼赞。在许多人尤其是许多英国人看来，这种赞扬必定是明显荒谬的。当下的意见并不赞成对帝国主义进行区分，无论是过去的还是现在的，也很少相信一个民族会比另一个民族有更多的善。但过去情形并不总是如此。因为可以选择，所以康拉德就主动选择了做一个英国人，因为他相信英国是一个优秀的民族。这种判断并非康拉德一人所独有，当时许多不是英国人的人都这样认为。[1]

实际上，19世纪的人们普遍认为，英国人创造了一种道德类型，这使英国在众多国家中显得很特别。这样的看法在文学作品中很突出：维尼在他的小说中讲述一个年轻的法国军官在成为柯林伍德海军上将的战俘后如何学习政治美德的故事；麦尔维尔创造出一个维尔船长的形象[2]；戈宾诺[3]塑造了一个心胸开阔、满足于孤独地生活在一个希腊岛上的英国海军上将的形象。英国人所独创的这种道德类型其主要特征是正直坦率。在我上

---

[1] 弗洛伊德就是其中之一。在1939年给H. G. 威尔斯的一封信中（信是用英语写的），他说："……自从我第一次来到英国，我就想在这个国家定居，成为一个英国人，这成了我幻想中的一个夙愿，那时我只是一个18岁的孩子。"

[2] 维尔船长是麦尔维尔《比利·巴德》中的主人公。——译注

[3] 戈宾诺（Joseph Arthur Comte de Gobineau, 1816—1882），法国小说家、外交官和人种学者，倡导种族决定论。——译注

面所举的三个例子中，这种道德类型都是在海军军官中发现的，这绝非偶然。在关于道德生活的想象中，英国人特别重视航海职业，这对一个岛国来说并不奇怪。航海首领被尊为体现职业准则的典范，他坚定不移地忠于职守，始终把全部精力集中于某种非个人的目的，让自身服从于某种总体的善，对这种准则律令的反应造就了他专一的意志和开阔的心胸。在他引起尊敬的诸多特性中，尤为可贵的一个特性是，他有从事一个艰苦行业所需要的实践能力，为了获得这种技能，他从童年时代起就开始了艰苦的学徒生活。虽然是一个绅士，但他却工作。而在19世纪行将结束的时候，康拉德笔下的马洛说，工作（他又称为"效能"）是坚韧、尊严地去面对生活的伟大手段——就其定义而言，是英国人所尤为具备的，是反抗绝望之威胁的唯一手段，而当我们允许自己对自身存在的本质进行沉思时，这种绝望就威胁着我们。工作是使一个人自身强壮健全、值得他自己去尊敬、忠于他的自我的可靠方法。

奇怪的是，在说起这些时，马洛的调子有些不对。这是一种俏皮油滑的口吻，仿佛是出于局促不安——到1899年的时候，我们现在耳熟能详的所谓工作伦理是有些失灵了。但是，它还没有彻底失去一个世纪来曾作用于英国人的那种伟大力量。在国家生活中，忠实地履行职责，愉快地开展工作的思想就是文明准则本身。

第五讲 社会与真实

在个人生活中，这种准则保证了英国人最引以为自豪的那种特性——真诚，而真诚就是指他们与事物、与彼此、与自身的专一关系。

爱默生相信，真诚是英国人性格中的鲜明特性。在1856年出版的《英国特性》中，他不断地谈到这个话题，且带有一种激赏的口吻。他说，真诚是英国民族道德风尚的基础。"我们不和带面具的人打交道，"他认为一个英国人会这样说，"让我们知道真相吧。直来直去，该跟谁相关跟谁相关，该到哪里到哪里。"爱默生说，英国人在表达他们的想法时是直率的，他们希望别人也这样，他们彼此信任，这使他们在众多民族中显得很独特："英国人信任英国人，法国人认为这种笃实具有道德上的优越性。"爱默生接着说，这种优越不仅是道德上的，英国人实际行动的力量就"建立在他们民族的真诚之上"。[1]

爱默生对英国人的真诚感到如此惊喜，我们不禁要问，他在故土马萨诸塞州的康科德究竟都经历了些什么，家乡的人们究竟是如何诡计多端地对待他的。在涉及有关美国人的话题时，亨利·詹姆斯不会草率从事，不过他的作品总体上倾向于支持那一度曾经很盛行的意见——现在看来是多么好笑——就是说美国人是全然

---

[1] 爱默生：《英国特性》（R. W. Emerson, *English Traits,* ed. H. M. Jones, Cambridge, Mass.: Harvard University Press, 1966），76页、70页。

真诚的，因为他们全然天真；美国人的真诚是确切无疑的，就像儿童、农夫和19世纪的狗一样。当然，事实上，爱默生为英国人的真诚感到惊奇，这并不意味着他就认为他的同胞缺乏这种品质，认为他们工于欺骗。爱默生眼里的英国人与美国人的差别跟英国人与法国人的差别是不一样的；托克维尔发现，美国人说话倾向于复杂抽象，这一观察可以说明两者的区别之所在。托克维尔并不是说，美国人这样说话就是不真诚。他们没有隐藏什么，他们言行一致，因为他们生活在民主制的国家。民主化的制度安排要求他们对语言的使用不应依从特定阶级或集团的标准，而应从公众的意见立场出发，在托克维尔看来，这就使得他们的表达更为抽象而不是具体，更为一般而不是特殊，更为迂回而不是直接。[1] 民主的风格并不意味着真诚的缺乏，但它说明美国人所要忠于的自我与英国人那种私人的、坚实的、倔强的自我是不一样的。

从这方面看，美国人的自我可以看作是美国社会的缩影。美国社会明显缺乏英国社会所有的那种坚实和倔强，美国人也几乎不能明确地感到它的在场，对

---

[1] 托克维尔所发现的美国人特有的那种说话方式现在仍然保持着，这可以从1969年BBC广播公司播出的英国女王和当时新任的美国驻英大使的一个谈话片断中看出。大使拜访女王时，女王问他现在是否已经舒服地住下了，大使回答说："因为一些装修上的原因，在居住方面我们仍略感局促不便。"

第五讲　社会与真实

此19世纪的美国文化史有一个经典要素可以加以证明。库柏、霍桑、亨利·詹姆斯都曾以这样或那样的方式说过,美国社会是"稀薄地组成起来的"(詹姆斯的说法),缺乏厚重、粗糙的实感,而后者恰恰是生活在那个时代的小说家在创作实践中所需要的。美国社会没有给小说家提供可以触摸、能够写成小说的材料。美国人访问英国后所获得的启示恰恰是,英国社会是难以渗透的,它有坚实的构造,厚重而无可置疑的在场感,从而迫使它的成员要有一种初始的真诚——要乐于承认,他们起码在某方面是不自由的,他们的存在受到社会的约束,受到种种社会特质的限制。英国人在谈到他们是社会的而不是超验的存在时,他们对自己、对世界说的都是实话。爱默生在思想上是明显倾向于对英国人所肯定的东西予以否定的,因此他居然会对英国人由这种坦率承认而生成的道德风尚感到欣悦,这就特别有意思了。[1]

我在前面提到的黑格尔的那些概念有助于澄清这两个国家之间的区别。我们也许可以说——D. H. 劳伦斯五十年前实际上已经说过——美国人已经进入精神的另外一个历史阶段,产生了"分裂"或"异化"的意识。按照黑格尔的说法,这种意识的特点是对"外部社

---

[1] 有关爱默生对社会存在的态度,安德森曾进行过一次发人深省、引起争议的讨论,读者可参阅他的著作《帝国的自我》第一章(《父辈的失败》)(Quentin Anderson, *The Imperial Self*, New York, 1971)。

会权力"的反抗，希望能够摆脱强加的社会环境。英国人处在历史发展的早期阶段，这时精神把自己表现为"诚实的灵魂"，它与社会的关系是"顺从地服务"与"内在地尊敬"的关系。黑格尔所描绘的"分裂的意识"是不考虑真诚问题的，而"诚实的灵魂"的本质就是真诚。因此，如果我们要用黑格尔的概念去着手阐释激起爱默生热烈反响的英国特性，我们就必须将它归之于英国社会结构所具有的那种古老的倔强：英国人的真诚依赖于英国的阶级结构。

这显然就是19世纪的英国小说家们心照不宣的信仰。他们似乎一致同意，一个人只要承认他的阶级身份是他生活的一个特定的、必然的境况，不管这种阶级身份是什么，这个人都毫无疑问是真诚的。他将会是真诚的和真实的，因为真实，所以真诚。小说家们确实把阶级看作个人真实性的主要条件，他们假定，一个接受了英国圣公会《教理问答》中所谓的他的"地位与责任"的人，一定会拥有完整的自我。不管他是奈特利先生还是山姆·维勒或者是普兰塔格内特·巴里赛，不管他是乡绅还是伦敦的一个仆人，不管他是首相还是奥姆涅姆公爵的继承人[1]，一个人就是照他的阶级属性所是的那个

---

[1] 奈特利是简·奥斯丁《爱玛》中的一个乡绅，山姆·维勒是狄更斯《匹克威克外传》中的一个仆人，普兰塔格内特·巴里赛是特洛罗普的系列作品中的主人公，是奥姆涅姆公爵的继承人，首相。——译注

第五讲　社会与真实

人。他的存在感受，他对自身独立的、个人性的存在的觉悟，都来自他的阶级情感。

相反的情形也是对的。小说家们很有远见卓识地赞同向上的社会流动，只要这种流动是通过自身的活力与才能取得的，而且没有失去正直的操守。但对笔下那些心怀野心往上爬的形象，他们则进行了无情的解剖，并对因为背弃原先的阶级地位而导致个人真实性削弱的种种迹象非常警觉。在他们看来，这样的削弱是很有可能发生的，而那些证据，那些说明真实性削弱了的标志就叫作势利和庸俗。

在爱默生为之欢欣鼓舞的英国人的总体真诚中，有一点他认为是例外的，并给予了严厉的批评。他说，这些人没有宗教信仰，他们在书籍报刊中不断地说，没有什么比"匍匐在上帝面前更令人恶心"的了。今天，研究维多利亚时代生活的学者并不会赞同爱默生对英国宗教信仰状态如此轻率的描绘。是的，现在英国人对宗教的漠不关心——除了出生、结婚、死亡的一些仪式——在那个时候就已经有许多迹象了。到19世纪下半叶，英国工人阶级几乎完全背离了英国国教，对那些非国教教派的不满情绪也与日俱增。只有极少数的知识分子勉强称得上是宗教信徒。上层阶级主要关注的是社交上的礼貌，爱默生说这是伪虔诚，毫无疑问他是对的。而中产阶级的那些十足的不顺从国教的教派则可以说既是受到个人信念和教义偏好的驱动，也是受到社会政治感情的驱动。然而，即使我们把所有这些不利的征兆都考虑进来，事实仍旧是，作为国家生活的一股力量，宗教绝对没有消亡，甚至连蛰伏都谈不上，我们只要看看低教会派和高教会派，牛津运动[1]和不顺从国教者的不懈反对，对教义的公开审问以及信仰危机导致的个人痛苦就够了。基督教信仰是美德的基本要素之一，这是理所当然的事；晚至1888年的时候，马修·阿诺德的侄女汉弗莱·沃德还能够以她的一部小说《罗伯特·埃尔斯梅尔》让全体英国人感到震惊和愤慨，它叙述的是一个有天赋的虔诚的青年牧师发现基督教义难以接受的故事。连格莱斯顿[2]都感到有责任要对这本书进行详尽的评论。

英国的历史与宗教紧密相连，宗教仍然对英国的政治、社会及伦理风尚、知识文化等发挥着决定性的影响。如果真的存在爱默生所发现的那种个人信仰淡化、进而导致不真诚的情况，那它在知识阶层中就产生了恰恰相反的效果，使自觉、奋力的真诚有了用武之地。我们也许可以说，维多利亚时期有教养的阶级的鲜明的性

---

[1] 19世纪以牛津大学为中心的英国基督教圣公会内兴起的运动，旨在反对圣公会内的新教倾向，标榜恢复传统的教义和礼仪。——译注
[2] 格莱斯顿（William Ewart Gladstone，1809—1898），英国自由党领袖，曾四次担任首相。——译注

格类型就是在回应宗教信仰缺失的过程中形成的——不信教者觉得有必要在个人生活中同样保持笃信宗教者的严肃认真,他必须谨防堕入法国人的那种轻浮放荡之中,"你知道法国人……"马修·阿诺德说。也许,信仰式微导致的最大痛苦,比我们现在可能想象到的更大、更具破坏力的痛苦是,人们不再假定世界是有目的的。弗洛伊德说,关于世界有其目的的假定是"与宗教制度一起兴废的"[1]。这样的假定对信奉者来说不只是一种安慰性的观念,还是一种思维类型,它的根除是心灵上的一次灾难。维多利亚人需要对这种极端的剥夺加以抵抗,也就是说,他们需要不向它所隐含的虚无主义低头。

这样的目的如何能实现,有关乔治·艾略特的一则轶事可以说明。故事是由 F. W. H. 迈尔斯讲述的,如今已成为经典。五月的一个雨夜,迈尔斯与他的这位闻名遐迩的客人在剑桥三一学院的研究员专属花园里散步,她谈到了上帝、不朽与责任。她说,上帝是不可想象的,不朽是难以相信的,而责任无疑是"绝对、不容辩驳的"。迈尔斯说:"她断言这条不具人格的和没有回报的戒律有着至高无上的权威,其语气的坚定恐怕从来都无人可及。我听着,夜幕降临了;她神情高贵地转过身

---

[1] 弗洛伊德:《文明及其不满》(S. Freud, *Civilization and Its Discontents, The Complete Psychological Works of Sigmund Freud,* Standard Edition, vol. xxi, London: Hogarth Press, 1961),76 页。

来看我，夜色之中，她就像古代的一个女预言家。她仿佛从我手中抽回了两卷诺言，只留下第三卷，上面写着的命运神秘莫测，令人敬畏。"[1]乔治·艾略特从她的这位朋友手中抽走了许多，但我们注意到，她也不是什么都没有给他留下。一种无条件的责任——这个绝对的、不容辩驳的责任，看上去难道不正是宇宙本身所规定的，以保证遵守这种规定的那个人生活的有效性呢？有完全没有目的、没有某种希望中的目标的无条件的责任吗，因它是如此类似于我们的内在命令，只要我们响应它，它就确保了我们的一贯性与自我？这样的绝对责任难道不会允许人们这样想，他与世界的彼此疏离并不像起初放弃对上帝与不朽的信仰后所表现出的那般严重？

我们不能不被迈尔斯所描绘的这个小小的场景所触动，尤其是因为我们不会不注意到，它会导致不真实：这种断言的空洞本身就证明存在一种需要它去满足的需求。我们这个时代的人并没有维多利亚人的那种需要，我们也不需要去发现世界的秩序，去发现它默默为我们安排的神秘莫测的责任，去发现我们宣称自己拥有的那种个人的一贯性和目标是否有效。我们不会提出那样一些问题以表明有效性确实存在、只是需要去发现，对我们来说这些问题纯粹是虚假的。但是我们一定能够感受

---

[1] F. W. H. 迈尔斯：《乔治·艾略特》（F. W. H. Myers, "George Eliot", *Essays, Classical and Modern,* London: Macmillan, 1921, p. 495）。

第五讲　社会与真实

到那些被迫提出这些问题的人的心情。

不过,在怀着急切的希望提出它们之后不久,这些问题就被抛到一边去了。听到这样的消息,我们是何等的欣慰啊!"人生的首要责任,"维多利亚女王统治时期的一个伟大人物说,"人生的首要责任就是要尽可能地成为假的。"奥斯卡·王尔德接着又说:"第二重要的责任嘛,还没有人发现。"[1]

2

随着岁月的流逝,王尔德的形象越来越清晰和显眼,如今,他的作态和他的殉道都无法掩盖他在智识上的重要性。安德烈·纪德和托马斯·曼都曾表达过这样一个观点,即王尔德与尼采有很相似的地方,这说明王尔德很重要。[2] 他们二人无疑在一个方面是很相似的,他

---

[1] 王尔德:《供年轻人使用的说法和哲学》(O. Wilde, "Phrases and Philosophies for the Use of Young", *The Artist as Critic: Critical Writings of Oscar Wilde,* ed. R. Ellmann, New York: Random House, 1969; London: W. H. Allen, 1970, p. 433)。

[2] 这是理查德·艾尔曼在他的王尔德批评文章选本序言中提到的(*The Artist as Critic: Critical Writings of Oscar Wilde,* ed. R. Ellmann, New York: Random House, 1969; London: W. H. Allen, 1970, p. 433)。纪德在1902年所写的一篇纪念王尔德的文章中随手而无创意地把两个人的名字联系在一起,但托马斯·曼却在表达了对斗胆提出这一比较的几分焦虑后——"把尼采与王尔德相提并论,这种做法当然有些近于亵渎"——相当详细地探讨了这个话题("Nietzsche's Philosophy in the Light of Recent History", *Last Essays,* New York and London, 1959)。

们都原则性地反对真诚，他们都赞美他们所谓的面具。

王尔德取笑真诚观念，显然是因为那些庸俗的正人君子视之为"体面"的要素，但当他说"一切坏诗都是真实感情的流露"诸如此类的话时，他要开展的就远不只是一场社会性的争辩。他的意思不只是说最真实的感情是乏味的，甚至也不是说真实的感情要化为一首好诗就需要用一些人为的技巧来加工。他的意思是，直接地、有意识地去直面经验，又直接地、公开地把它表达出来，这样做不一定就能得到真理，反而有可能会歪曲真理。王尔德说："人在亲自说话时，他几乎不是他自己。给他一个面具，他就会跟你说实话。"[1] 爱默生在1840年的日记里表达了同样的思想，但这并没有阻止他对英国人之真诚的赞美。他说："没有谁比最真诚的人更会伪饰。" 1841年他又说："许多人带着面具写作要比自己写作更好。"[2] 尼采对爱默生的崇拜一直是一件出人意料而又引人注意的事，他说过同样的话："每个深邃

---

[1] 王尔德：《作为艺术家的批评家：一则对话，第二部分》（O. Wilde, "The Critic as Artist: A Dialogue, Part II", *The Artist as Critic: Critical Writings of Oscar Wilde*, p. 389）。

[2] 爱默生：《日记及手记集锦》（R. W. Emerson, *The Journals and Miscellaneous Notebooks,* ed. A. W. Plumstead and H. Hayford, Cambridge, Mass.: Harvard University Press, 1969），第三卷，423页；《书信与社会目的》（*Letters and Social Aims, Complete Works,* Centenary Edition, vol. viii, Boston and New York: Houghton Mifflin, 1904），196页。

的精神都需要一个面具。"[1]

尼采用他所唯一关心的世界——历史、文化的世界——的本质来为面具辩护。他说:"似乎所有伟大的事物一开始都是带着丑陋骇人的面具高踞在这个世界之上的,为的是用永恒的要求将它们自身铭刻在人的心中。教条主义的哲学是这样的面具,亚洲的吠檀多教义[2]和欧洲的柏拉图主义也是。"[3]王尔德虽然没有这样开阔的视野,但也在他的文章《面具的真理》结尾表达了类似的意思:"……艺术中没有什么普遍的真理,艺术中的真理,意味着那些与之相冲突的东西也同样为真。恰好只是在艺术批评中并且通过艺术批评,我们才能够理解柏拉图的理念说,同样也只是在艺术批评中并且通过艺术批评,我们才能够认识黑格尔的矛盾对立体系。形而上学的真理就是面具的真理。"[4]

有些词要想让它们的词义继续具有力量,最好就是不去谈它们,反讽就是这样的词,爱情亦然,其他类似的词也包括真诚、真实等。但既然谈到了王尔德和尼采,我们也就得对反讽说上几句,因为面具理论涉及反

---

[1] 尼采:《善恶的彼岸》(F. Nietzsche, *Beyond Good and Evil*, trans. Walter Kaufmann, New York: Vintage, 1966),51页。
[2] 吠檀多是古代印度哲学中一直发展到现代的唯心主义理论。——译注
[3] 尼采:《善恶的彼岸》,3页。
[4] 王尔德:《面具的真理》(O. Wilde, "The Truth of Masks", *The Artist as Critic: Critical Writings of Oscar Wilde*, p. 432)。

讽性姿态在智识上的价值问题。从词源学来看，反讽与面具的观念直接相关，它来自希腊文，表示掩盖者。反讽的意思很多[1]，最简单的用法是言此而意彼，不是为了欺骗，也不全然是为了嘲笑（尽管往往隐含这个意思），而是为了在说话者和谈话对象之间、说话者和所谈论的对象之间、说话者和他自己之间造成分离。在《精神现象学》中，黑格尔曾就反讽所具有的智识上的价值进行过深入的阐述。拉摩的侄儿扮演了一连串的角色或者说戴上许多面具，对这种穷形尽相的扮演，黑格尔非常推崇，因为通过拉摩的表演精神能够"对特定存在、对整体的混乱以及对自己进行一番讥讽嘲笑"。黑格尔显然是说，通过这种讥讽嘲笑，精神就获得了一定程度的自由——我们把这种自由叫作疏离（detachment）。如果"存在"可以以一种并非完全认真的态度来对待，那么精神受它的约束就比较少。这样，就可以不带悲伤地接受存在，必要时也可以不带怨恨地与存在打交道。如果认为"整体"是"混乱"的而不是井然有序的，不是如乔治·艾略特所说那样绝对不容辩驳的，那我们与它的关系就不必绝对地一成不变，而应该随机应变。

对于王尔德的名言"形而上学的真理就是面具的真理"，可以这样来理解，不是哲学论文而是艺术作品

---

[1] 有关这些意思的简明阐述，请参见福勒的《现代英语用法》。

为我们获得存在的知识提供了标准的途径——艺术作品最能够生动地体现通过反讽而实现的疏离感。在《美育书简》中，席勒说艺术的一个善行就是它战胜了"责任和天命的严肃认真"，他想的也是艺术这种启发性活动的类似的优点。席勒认为，"单纯游戏"的审美活动是人的真正存在的活动。他说："唯有当他是充分意义上的人时，他才能游戏，唯有当他游戏时，他才是充分意义上的人。"[1] 人性的充分可能就包括了对存在的认识。席勒在探讨人从"责任和天命的严肃认真"之下解放出来的可能性时，在道德上是严肃的，既然如此，我们也就不会有丝毫念头认为王尔德有虚无主义的倾向。王尔德的思想与尼采相接近，而后者对虚无主义的敌视是明确无疑的，这进一步证明了我们对王尔德的看法。

我们认为，席勒、王尔德和尼采所展望的人的自主与卢梭、华兹华斯在如此高度地重视存在的感受时所提出的有关道德生活的观念在根本上是一致的。19世纪对存在的关心的确导致人们深入地思考道德生活，华兹华斯所赋予"是"这个词的热切含义，成了它在道德话语中的通常的含义。同时人们也普遍认为，存在，即作为实体的自我的那种满足的经验，容易受到那些增进或减低其力量的因素的影响。比如一个相当一致的看法

---

[1] 席勒：《美育书简》，107页。

认为，在增进自我经验的诸多事物中，艺术是独树一帜的。大家对减低自我经验的因素也没有异议——存在的最大敌人就是占有，"你越少吃，少喝，少买书，少上剧院、舞会和餐馆，越少想，少爱，少谈理论，少唱，少画，少击剑等等，你就越能积攒，你的既不会被虫蛀也不会被贼盗的宝藏，即你的资本，也就会越大。你越少是……你越有……"[1]，是积累夺走了你的存在。

19世纪没有一个欧洲人曾读过我上面引述的话，这段话出自马克思的《1844年经济学哲学手稿》，写于1844年，但直到1932年才出版。可从那时起，手稿就引起了人们极大的兴趣，因为它让人们看到了一个年轻的马克思——当时26岁——他与后来那个鼓动性的、爱争辩的、思想系统化的马克思不一样，甚至存有分歧。与后来作为那些经典著作的作者的马克思相比，年轻的马克思更富有人文主义色彩，亦即在科学的纯正方面还不是那么雄心勃勃。以下一点可以说明《1844年经济学哲学手稿》的人文主义特征，马克思重点强调的是异化，不仅是工人阶级的异化，也是一般的人甚至包括中产阶级的异化。一个中产阶级的成员的确会把马克思有关异化的论述理解为是对他的中产阶级生活的直接而具体的论述："你越少是，你表达的生命越少，你越

---

[1] 马克思：《1844年经济学哲学手稿》，北京：人民出版社，1985年，92页。译文个别地方略有不同。——译注

第五讲　社会与真实

有，你的外化的生命就越大，你的异化本质也积累得越多。国民经济学家把从你那里夺去的那一部分生命和人性，全用货币和财富补偿给你，你自己不能办到的一切，你的货币都能办到：它能吃，能喝，能赴舞会，能去剧场，能获得艺术、学识、历史珍品和政治权力，能旅行，它能为你占有这一切……但是，尽管货币是这一切，它除了自身以外不愿创造任何东西，除了自身以外不愿购买任何东西……"[1]

显而易见，马克思与黑格尔对异化的理解是不同的。黑格尔所说的异化是自我与自我的疏远，他认为这是发展过程中痛苦但必要的一步，马克思则认为异化是自我向非人的转变。马克思的异化概念不完全包含在他关于货币的论述中，但货币无疑是异化问题的核心，为异化表现提供了最为戏剧化的方式。与后期的《资本论》一样，在《1844年经济学哲学手稿》中马克思认为货币充满了它自身的生命，充满了魔鬼般的自主力量。马克思和恩格斯都有强烈的怀旧倾向，因此他们的论述总有些依依不舍地回望古代社会，那时货币还没有取得支配性地位；他们的反犹态度也都源于犹太人与货币银行业的联系。他们就像一个中世纪或文艺复兴时期的人一样，对金钱这个魔鬼的施为感到焦虑。马克思认为，

---

[1] 马克思：《1844年经济学哲学手稿》，92页。——译注

金钱颠倒道德价值，甚至颠倒人们的感知本身，为了证明这个观点，他引用了莎士比亚（也引用了歌德，但效果未见得好）笔下泰门的一段关于金钱的话，它使"黑的变成白的，丑的变成美的，错的变成对的，卑贱变成高贵，老人变成少年，懦夫变成勇士"。

简言之，货币是人的存在中一切不真实的本原。"如果我没有供旅行用的货币，那么我也就没有旅行的需要，也就是说，没有现实的和可以实现的旅行的需要。如果我有进行研究的本领，而没有进行研究的货币，那么我也就没有进行研究的本领，即没有进行研究的有效的、真正的本领。相反地，如果我实际上没有进行研究的本领，但我有愿望和货币，那么我也就有进行研究的有效的本领。"《1844年经济学哲学手稿》关于货币部分的论述是这样结束的："我们现在假定人就是人，而人同世界的关系是一种人的关系，那么你就只能用爱来交换爱，只能用信任来交换信任，等等。如果你想得到艺术的享受，那你就必须是一个有艺术修养的人。如果你想感化别人，那你就必须是一个实际上能鼓舞和推动别人前进的人。你同人和自然界的一切关系，都必须是你的现实的个人生活的、与你的意志的对象相符合的特定表现。"[1]

---

[1] 马克思：《1844年经济学哲学手稿》，111页、112页。——译注

第五讲　社会与真实

"我们现在假定人就是人，而人同世界的关系是一种人的关系。"这是句惊人的话，在此之前，历史上还没有哪个时代感到有必要把这种假定如此明确地说出来。整个19世纪始终存在这样一种焦虑，即人能够不是人，人与世界的关系能够变得不再是一种人的关系。马克思表现的焦虑特别强烈，但人们无须持他那一派的政治立场，也可以感到这种焦虑。那个时代的资产阶级道德家都普遍认识到，存在正受到占有的威胁。马修·阿诺德说："文化不是一种占有，而是一种是和成为。"王尔德在他的伟大散文《社会主义下的人的灵魂》中也呼应了阿诺德："一个真正完美的人不在于他有什么，而在于他是什么。"就像古代世界的入口处刻写着德尔斐神庙的那句格言"认识你自己"一样，王尔德这样说："新世界的入口处，将会刻上这样的句子'是你自己'。"罗斯金也说："除却生命，没有财富。"

但是，仅仅用是来反对占有，宣称前者比后者更可取，这当然是不够的。毕竟人可以选择占有同时又不选择不是，而且热衷于占有也不能说就是导致19世纪的人所关心的存在的感受缩减的唯一原因——还有另外一些潜伏的、几乎识别不出的病灶。虽然我们现在所说的"文化"一词当时还没有通行——马修·阿诺德用以反对"无政府状态"的那个"文化"显然跟现在不是同一个意思——但我们今天主流主义上的那种文化观念在那时却迅速地变得触手可及，这种观念可以说就是由各种相互作用的假定、思维方式、习惯、风格等构成的统一的复合体，它们与实际的社会安排有着或隐或显的联系，因为还停留在潜意识状态，它们对人心的影响就没有遭到反抗。今天我们认为这样的文化观念是理所当然的，但在19世纪，丹纳还是可以说它是他那个时代的新发现。

这种文化观念能够涵盖许多复杂甚至是充满矛盾的东西，对此《英国特性》有一段文字可以说明。这是两个前后相连的段落，在第一段中爱默生对英国人的自主和真诚进行了颂扬："他们要求你有主见，他们讨厌面对实际事务吞吞吐吐、含糊其词的懦夫。他们不怕得罪你，何止这样，如果你精神抖擞地，以轻车熟路的方式去做，他们会允许你打破一切规矩。你必须是个自主的人，然后你就可以爱干啥就干啥。"接下去的一段没有任何过渡，貌似也没有意识到什么矛盾，他说："机械已经被充分地运用到一切工作之中，人差不多就只需要照料引擎，给炉子添添煤。但机器需要及时的照料，它们永不疲倦，因此还是让它们的照管者不堪重负。煤矿、锻造车间、磨坊、酿酒厂、铁路、蒸汽泵、蒸汽犁、军团演练、警察操练、法庭规则、商店规矩，所有这一切都赋予了人的习惯、行为以机械式的规制。一架恐怖的机器占领了大地与天空、男人与女人，甚至思想也难以幸免。"[1]

爱默生这里所谈论的并不是劳动过度的工人阶级，也不是实际的机器照管，这些都不可能涉及整个国家。在那个为今天的人所缅怀的时代，那个对机械的认识和使用似乎还很简单的时代，爱默生谈论的是机械或机械的观念对生活方式的影响，对思想习惯和方式的强制作用，这使思想变得更加不可能去假定人是人，而他表达这种见解的口吻跟他说英国文化明确要求一个人"是一个自主的人"的口吻如出一辙。

对机器的焦虑在19世纪道德文化思想中俯拾即是，马克思的"我们现在假定人就是人"就是指"我们现在假定人不是机器"。精神不应该是机器，甚至我们所谓理性的那一部分也不是机器。世界不应该是一架机器，对这种情形也许会发生的担忧使卡莱尔近乎疯狂。存在的敌人，虚假的源头，既是机械性的准则，也是一味贪图的本能，二者无疑是紧密联系的。

罗斯金认为，机器只能制造假的东西、死的东西，而死的东西又把它们身上的死气传给了使用它们的人。在他看来，不仅实际的机器在生产死的物件，任何不允许制作者将其存在本质注入制作物之中的制作方式都在生产死的物件。根据罗斯金的说法，古埃及的建筑是机

---

[1] 爱默生：《英国特性》，66—67页。

械的，因为它们是"非创造的奴隶活儿"，工人执行的不是自己的意图，而是建筑主人的意志。即使面对当时关于古希腊建筑的定论，罗斯金也敢秉持异说，他否定这类建筑，甚至连神圣的帕台农神庙也不放过。只有哥特式建筑没有受到他的指责，因为它是众多伟大的建筑风格中唯一具有生命质地的建筑。19世纪的人对过去的大教堂是如何建造起来的有自己的看法，罗斯金据此认为，这些大教堂是个人和群体精神的体现。大教堂的建造是如此缓慢，以至于它们好像不是建起来的，而是长起来的；不是某种方案的实施，而是内在目的的实现，是它们存在的内在规律的臻于完善。像歌德对斯特拉斯堡大教堂的著名沉思一样，罗斯金对哥特式大教堂也十分珍视，因为它们是有机的。活的东西用基本的元素装点自身，它们的构造依赖于循环往复的能量，对敏感的眼睛来说，它们呈现出运动的形态。

有机性是判断艺术及生活之真实性的主要标准，这种信仰毋庸赘言仍然对我们有很大的影响；而当有机环境的恶化引起我们的警觉时，这种影响就更甚。人与他自身的有机性禀赋之间存在着某种干预物，这种认识是现代意识的一个强大要素，是我们文化中的一个显明的、迫切的问题。在一个日益都市化、技术化的社会，人类存在的自然进程已经获得了一种道德地位，其高下评价，以其受到阻挠的程度而定。人们普遍感到，某些

128

非人的力量已经占据了我们的大地与天空，占据了男人与女人，占据了我们的思想，这是一种比爱默生所能想到的更可怕的机器。不管人们用什么来类比这种机器，哪怕是一个三段论或一个戏剧装置，在许多方面，我们都能感到它对经验及存在之真实性的危害。

在我们的艺术文化中，尽管对有机论的信奉源远流长——D. H. 劳伦斯、E. M. 福斯特、亨利·米勒、萨缪尔·贝克特，这些名字说明这种方向的发展并不简单——但我们应该认为，现代美学运动正是从对有机论的突然不耐烦中获得主要的原动力的。雷纳·班哈姆曾在他关于设计史的重要著作中提出"第一机器时代"的说法。他注意到这样一个时刻，那时人们不再对技术世界抱敌视的态度，他把这种新的倾向与对罗斯金的反对态度联系在一起。他说："如果在 1912 年有一个标准能够将成熟的男人与幼稚的小男孩区分开来，那就是他们对待罗斯金的态度。尽管成熟的人们对艺术的目的、设计的功能的理解种种不一，但他们在仇恨可悲的罗斯金这一点上是一致的。"[1] 班哈姆用的这个贬义的称呼来自马里内蒂 1912 年在伦敦莱修姆俱乐部的演讲。普遍认为，马里内蒂 1908 年撰写并发表的《未来主义宣言》

---

[1] 雷纳·班哈姆：《第一机器时代的理论与设计》(R. Banham, *Theory and Design in the First Machine Age,* 2nd ed., New York: Praeger, 1967; London: Architectural Press, 1970), 12 页。

是整个现代主义美学的宪章，即使那些没有直接受到宣言影响的运动也以它为准绳。未来主义宣言的主旨是机器的美和活力。在伦敦的演讲中，马里内蒂对罗斯金荒谬地反对这个真理大加斥责："你们何时从可悲的罗斯金那绵软无力的意识形态中摆脱出来呢？我要让他在你们面前丑态毕露。"他接着说："这个疯子对原始的田园牧歌般的生活有着病态的梦想，他缅怀荷马的奶酪和传说中的纺车，却仇恨机器、蒸汽和电，他对淳朴古风的感情就像一个成年人想再次睡到儿时的小床上，吮吸现在已经衰老的奶妈的乳房一样……"[1]

也就是说，马里内蒂认为，作为社会及道德理想的有机性恰恰具有有机性原则自身所要反对的那种虚假性，不是有机性而是机械性才能成为证明现代生活之真实性的原则。但这种说法未免太草率，而且会误导人。我们倾向于认为，机器原则必然包含对僵死规章的屈从，导致一切自然冲动和创造力的丧失。可我们忘了，现代主义运动的一个伟大作家给他的艺术家主人公取名为代达罗斯，这是第一个工匠的名字，在神话传说中，代达罗斯不仅设计了难以逃脱的迷宫，而且设计了一对翅膀，让自己可以飞翔着逃离囚禁。正如班哈姆所说，马里内蒂本来是可以对机器进行总体上的颂扬的，可实

---

[1] 马里内蒂，转引自雷纳·班哈姆的《第一次机器时代的理论与设计》，123页。

际上真正激发他写作宣言的热情只来自汽车。在1908年，人掌控着汽车并通过它表现自己的意志，汽车馈人以速度，使人成为弗洛伊德所说的"假上帝"[1]。《未来主义宣言》的第五点主张是，该运动"颂扬操纵方向盘的人，其观念轴穿过地心"[2]。

正如宣言的主旨所表明的那样，现代艺术理论认为，不容辩驳和绝对这两者并不属于世界，而属于艺术家的创造才能。罗斯金的美学理论也有几次机会可以脱离正常的论述思路而做同样的事。《现代画家》第二卷"深刻的想象力"一章认为"最高的想象力"是一种一往无前的力量，它对简单的表面无动于衷，而"投身到真正火热的中心，其他什么也不能激动它的精神，不管是该事物所拥有的种种外貌或它的各种外部表现或阶段性形态，一切都是徒然"。而且他所敬慕的透纳在绘画实践方面也体现了深刻的想象力，这似乎也跟罗斯金所独特地坚持的那种主张，即艺术家的力量来自他对自然秩序的顺从相矛盾——透纳的发展在我们看来是不断走向更高的自主性的，并在他生命最后岁月中的那些出色的油画草稿中达到了顶点：透纳的这些作品很少再现特征，与自然秩序的要求大相径庭，以至于人们将它们与抽象表现派画家的作品相比。但就是进行这种比较研

---

[1] 弗洛伊德：《文明及其不满》，92页。
[2] 雷纳·班哈姆：《第一机器时代的理论与设计》，103页。

究的学者也坚信，即使在这个艺术阶段，透纳仍全身心地致力于对自然进行阐释，致力于表达他对自然与人之关系的深刻感受。[1] 即使在他好像是完全自主的时候，透纳实际上仍不是在虚构而是在发现。不管深刻的想象力如何飞扬跋扈，它仍然屈从于这种功能。伟大的现代艺术运动的领袖们没有将他们的创造力聚焦于"发现"这一目的上，他们的确承认自然世界的存在，也给予了自然世界一定程度的关注，但他们拒绝屈从于它，忠实于它。他们对自然世界加以讥讽嘲笑，用反讽和疏离的态度对待它，不愿假定它是严肃认真的，守着一些诺言，或有什么天命安排以保证有关它自身的真理有待发现，哪怕它的内部真的有什么真理。但是真理，席勒、王尔德和尼采在艺术中所发现的那种真理，会在他们以独特的人类游戏精神去对待世界之后出现。在游戏精神下，世界会被拆散，再以新的方式组合起来。

20世纪初的这场伟大的艺术运动进程也许能让我们想起，"真实的"一词对古代希腊人来说带有非常明显的暴力意义。"Authenteo"指拥有足够的力量，同时还

---

[1] 我指的是约翰·罗森斯坦和马丁·布特林的《透纳》（John Rothenstein and Martin Butlin, *Turner*, London, 1964），73页和76页。透纳后期的一小部分草稿曾在1906年第一次展出，但直到1938年，大量的草稿才得以公之于众。现在泰特美术馆的几个展厅展有这些作品。可以注意到的是，马里内蒂所看重的速度在透纳1844年创作的那幅振聋发聩的画作《雨，蒸汽与速度——伟大的西方铁路》中得到了礼赞。

第五讲　社会与真实

有谋杀的意思。"Authentes"不仅指主人和实行者，还指行凶者、谋杀者甚至自我加害者、自杀者。这些古远的、被遗忘的含义影响到了我们称为"现代"时期的那种艺术文化的性质和内涵。过去的几十年已经让我们习惯了这种艺术文化，我们称它为"经典"，这既确认了它的伟大，也表现了我们对其中含有的秩序、恬静甚至超越等特质的认识。有时我们还有些困惑，为什么这种艺术在出现之初会遭到强烈的抵制，我们忘了在它的创造意志中存在着多么强的暴力，而在一个强调责任，强调顺从不容辩驳的、绝对的戒律的文化里，要坚持伸张自主性，这又需要多么冷酷无情的行动，要战胜那种非存在的感受，需要多么坚定的个人意志。

"不是"意味着什么呢？麦尔维尔在他称之为"华尔街故事"的一篇小说中对这种状态做了解释。巴特尔比生活在新世界的权力中心，他"宁愿不"保有足够维持生存的力量，不允许有什么事激起他的欲望或努力，面对社会世界的那些在他看来完全虚假的东西，他的反应就是孤独地躺着，死去。[1] 狄更斯的《小杜丽》是对作家眼里的英国整体虚假状况的出色描绘，小说的一个主人公这样说自己："我没有意志。"巴尔扎克和斯汤达则对阻挠并打败他们笔下年轻主人公的意志的那些社会

---

1 巴特尔比是麦尔维尔的小说《抄写员巴特尔比》中的主人公。——译注

虚假现象进行了深刻的揭露。福楼拜写作《情感教育》时，这种失败已经是理所当然的事。弗雷德利克·莫罗的愿望受到了他出生之初起就包裹着他的文化的毒害，他的存在一片虚空，他的人生伎俩就是欺骗。爱情、友谊、艺术、政治，全都空洞无物。"我们现在假定人就是人"——但托尔斯泰说，伊凡·伊里奇直到临死的那一刻才得以被如是假定。

这当然就需要一些暴力性的东西来惊起社会世界已经麻木了的痛苦，使它生动鲜活起来，以便将人类的精神从默然的非存在状态拯救出来。这就需要前所未有的行动力量，需要勇于作为的魄力，就像马里内蒂所欢呼的那种赛车的加速度，"其观念轴穿过地心"，这是属于汽车的新的能量，与有机论者主张的渐进相比要直接和迅捷得多。当然，如果有机物有足够的野性也是可以的，尼任斯基[1]前所未有的升空就是一例，他会在舞台上突然向上跳跃，在观众眼前消失。或者像演员迪·格拉索危险的虎跳，巴别尔用它作为一切真正艺术的象征。[2]或者像库尔兹那样从光明纵身跳入黑暗。正是这种勇于作为的可怕之举让库尔兹有权认肯生活的真

---

[1] 尼任斯基（Vaslav Nijinsiky，1890—1950），俄国芭蕾舞演员、舞剧编导，曾在玛丽亚剧院担任独舞演员，主演过《吉赛尔》《天鹅湖》等舞剧，作品有《牧神的午后》《春之祭》等。——译注
[2] 迪·格拉索是巴别尔1937年同名作品中的主人公。——译注

实性,他通过表达恐惧做到了这一点。他用最后一口气说:"恐怖啊!恐怖!"马洛说:

> 这就是我断定库尔兹是一个杰出人物的理由。他有话要说。他说出来了……他做出了总结——他做出了断语。"恐怖啊!"他是一个杰出的人……我往往会想,我做的总结,该不会只是一句漫不经心的轻蔑话吧。他的喊叫要更好些——好得多呢。这是一种肯定,一种用数不清的失败、用种种可憎可恶的恐惧、用种种可憎可恶的满足所换取来的道义上的胜利。然而这是一种胜利!这是我为什么始终对库尔兹保持忠诚的原因……

第六讲 真实的无意识

THE AUTHENTIC UNCONSCIOUS

1

虽然在前面我把真实作为艺术的一个标准，作为个人生活的一个品质来加以讨论，认为艺术既能够提升真实也可以减损真实，但我还未曾对当代文艺中与之相关的发展做出详细讨论，即论当代艺术界对真实性的关注是如何在作品中表达出来的。已经在文学中出现的这样一种变化可以作为一个非常引人注目的例子——在文学中，叙事、讲故事的地位急剧下降。亨利·詹姆斯曾经说，他"喜欢故事本身"。他的意思是，故事有别于它可能包含的任何公开的观念性意图，简单地说，故事就像任何原始的故事一样，能让他所说的"惊奇，这一幸福的官能"发挥作用。但是现在还抱这种观点的小说家就只能是一种例外了。过去常说，读者被故事的叙述迷住了，但即使是在亨利·詹姆斯的时代，人们也已经在怀疑这种叙述手法。怀疑不断地加深，以至在差不多三十年前，本雅明就说，讲故事的艺术已经奄奄一息。T. S. 艾略特早些时候有一个著名的论断，即小说到福楼拜和詹姆斯那里已经走到尽头。这样的说法未必完全正确，小说似乎仍然保持某种生命，但我们也不能不看到，叙述模式已经陷入相当尴尬的境地。叙事曾经是小说最重要的手法，但现在写小说的人总是千方百计躲避、模糊或掩饰讲述行为。

本雅明说，"许多天生的故事讲述者的特性"就是"关注实际的利益"。他说，故事能明确或隐秘地包含"某种有用的东西"，它们有"忠告要给"。本雅明认为，给人忠告这种行为已经带有"一种老式的意味"。[1] 老式就意味着，对现在来说，它是不真实的。在我们这个时代，被叙事迷住，暂时地忘记了自身，关心一个不是自身但（由于故事所施加的魔力）又是自身、其举止命运会对读者本人产生影响的人的命运，这里面存在着某种虚假的东西。我们现在喜欢问，叙述者有什么权利来主宰他人，更不用说主宰读者？他有什么权利来混淆二者之间的界线，并认定他有忠告要给？

理查德·吉尔曼谈及叙事时，也许考虑到了本雅明的文章，他说："正是那虚构要素迫使叙事降格，仅仅成为生活的一个替代物，它像生活，不过当然稍好一些，是一个梦（或一个还算顶用的噩梦）、一条出路、

---

[1] 本雅明：《讲故事的人：尼古拉·列斯科夫作品论》(W. Benjamin, "The Storyteller: Reflections on the Works of Nikolai Leskov", *Illuminations*, p.86)。

一种补偿、一张蓝图、一个教训。"[1] 叙事之虚假性的一个主要部分似乎在于，它假定生活是容易理解的因而是能够控制的。叙事的本质是解释，它会情不自禁地告诉人们事情是怎样的，它们为什么会这样。死亡及其他一切苦难是如何来到这个世界上的呢？好吧，我来告诉你——"起初……"但是有一个起初就暗含了有一个结束，以及在中间连接两者的东西。起初并不只是一连串事件中的第一个，它是导致后续事件的那个事件。结束也不仅仅是最后的事件，不是事情的终止，它是意义，或起码是对意义或明或暗的允诺。故事不是由一个白痴讲出来的，而是由一个有理智的意识讲出来的，它在各种事物中认识到了进程，这些进程就是这些事物的原因，从这种认识它又获得了行为的准则，获得了在这些事物中生活的方式。在今天这个时代，我们还能够听从这么原始、这么明显是亚里士多德式的解释吗？

对这个问题，一个重要的智识行业中的一个举足轻重的部分已经做出了否定的回答——最近几年，许多历史学家都对他们的同行守旧地效忠叙述模式的做法加以拒斥。他们的不满情绪很大，以至于 G. R. 埃尔顿认为这是"轻蔑的敌视"。在他那部关于政治史原理与实践的著作中，埃尔顿觉得有必要把为叙事辩护作为该书

---

[1] 理查德·吉尔曼：《混乱的领域》(Richard Gilman, *The Confusion of Realms,* New York: Random House, 1969; London: Weidenfeld, 1970)，78 页。

的一个主要意图。埃尔顿教授用了大量的证据来说明对叙述方式的敌意已经根深蒂固,这些证据现代历史学家都很容易获得。这些证据数量之大足以让人们相信,如果用故事的方式来展现历史,历史必然会失之于简化,因此"写历史的唯一方法就是,将一小段过去在读者面前拆散,然后再按照描绘一个有机物或一种结构的方式将它们整合起来"。埃尔顿承认,在运用了结构主义的分析方法后知识会给人满足感——"一项任务大功告成,一个恰当的理解加入到了……知识的总量之中"。他说,经过比较发现,"讲故事(不管多么复杂)的那种满足感充其量只能是美学上的,而如果弄得不好,它就会变得华而不实"。但是他又认为,完全仰仗分析的方法会导致对历史本身的否定,因为这种方法不顾历史乃是由"运动这一事实"构成的。"没有时间、变化的观念,没有生与死的观念,历史就彻底不成其为历史。相反,叙事虽然不能覆盖全部的过去,但它毕竟还是历史,只不过是不充分的、不能令人彻底满意的历史。"[1]

我们不免会问,是否有比技术考虑更多的东西导致历史学家们反感叙事,在方法论的理由之下是否能够发现一种论述尚未系统化的文化上的判断。这种可能性得

---

[1] G. R. 埃尔顿:《政治史:原理与实践》(G. R. Elton, *Political History: Principle and Practice*, New York: Basic Books; London: A. Lane, 1970), 158—159 页、161 页。

到 J. H. 普拉姆的肯定，他对叙述性历史低下地位的评价比埃尔顿更激烈。普拉姆认为，过去本身正处在被从现代人的意识中根除出去的边缘，他的观点的极端性可以从他专题著作的标题上一望而知——《过去之死》。普拉姆教授说："工业社会与它所取代的商业、手工业及农业社会不同，它不需要过去。工业社会的知识方向是变化而不是保守，是开发，是消费。在科学的、工业的社会里，新方法、新程序、新生活方式找不到过去的支持，找不到过去的根基。因此，过去成了一种珍奇，一种怀旧，一种多愁善感。"也就是说，存在于现代人的意识中的那种过去已不同于它此前的模样——它不是权威的许可，不是命运的保证。[1] 过去的濒临死亡是一个突然事件，人们对它的发生记忆犹新，就在一代人之前——在英国，普拉姆说，过去的最后力量表现在这个国家"奋力抗击希特勒时对自身角色的理解之中"。

"叙述性的过去，有着清晰明确的起初的过去"[2]——这就是普拉姆所描绘的那种目前正在消逝的过去。"起初神创造天地。""太初有道，道与神同在，道就是神。"这些就是最为清晰明确的起初，但是现在它们消逝了，而18世纪、19世纪历史的昌盛——叙述性

---

[1] 显然，新近出现的黑人历史符合这样的目的，它坚定地致力于叙述。
[2] J. H. 普拉姆：《过去之死》(J. H. Plumb, *The Death of the Past*, London: Macmillan, 1969; Boston: Houghton Mifflin, 1970), 14—15页、86页、87页。

历史的昌盛，我们现在要这样说——其心照不宣的一个目的就是要对这种消逝造成的真空加以填补。上帝死了，这一点大家都同意，不管上帝之死这个明确无误的消息传递得是多么的慢。但在上帝死后，历史就着手为人类提供他们过去认为是世界和人类的真实性所必需的那种起初。尼采说，一旦认识到上帝死了，所有的东西包括人本身似乎都"失重"了。[1] 而伟大的叙述性历史学家则在相当程度上保持了事物的重量，他们深化过去，使过去变得迫切重要，成为权威的许可，命运的保证。历史学家们讲述的故事是对事件之喧哗与骚动的阐释，要让它们揭示某些东西，有方向，有目标。"*起初*有盎格鲁-撒克逊时代的议会。""起初有凯尔特种族的特征。"由此产生了目标、光荣、基本的正义、不容置疑的真实、英国人和法国人坚定的存在的感受。叙述性历史通过呈现必然性与变迁，让人保持着足够的重量，让双脚依然能够感到下面那块坚实的大地，让它们明白要追寻规定的、正确的道路。"要像撰写圣经一样去撰写英国的历史"——这是置身危机与焦虑时代的卡莱尔要迫切从事的事业。"因为英国（与任何犹大后裔一样）也有神圣的历史，它的每一步都有永恒的天命主宰……

---

[1] 转引自雅斯贝尔斯的《尼采与基督教》（K. Jaspers, *Nietzsche and Christianity*, trans. E. B. Ashton, Chicago: Regnery, 1961, p. 14, *from Nachgelassen Werke, Nietzsches Werke,* ed. Elisabeth Förster- Nietzsche, Leipzig, 1903, vol. xiii, pp. 316-317）。

引导着英国向它的目标和事业前进,这在世界上也已经相当重要了!"[1]

但是,这个曾经一度是神圣创始者之替代品的叙述性的过去,现在也像那位创始者一样,失去了它赋予真实性的效力。它非但不是鉴真证实的力量,反而成了虚假的范式本身。此时此地也许令人不快,但起码它们作为实在的此时此地是真实的,不会轻易让某种模糊的彼时彼地来加以解释。历史学家对叙述性历史的冷淡在我们的课程安排中可见一斑:我们的中学课程实际上已经将叙述性历史扫地出门,而它在大学课程里的地位也降低了。[2] 这既改变了保守的政治思想的性质,也改变了激进的政治思想的性质:马克思主义理论虽然仍很流行,但它已经不再像四十年前那样,打着"历史逻辑"的旗号傲然前行了。它还对文学文化产生了影响,导致文学权威的极度削弱,导致人们对传统的教诲性文学越来越无动于衷。在那种文学里,不存在没有清晰明确的起初的主人公和榜样人物,主人公的一生就是从他意义重大的出生到意义重大的死亡的一生。也许我们还可以认为,叙事地位的降低跟子女与其家庭关系的变化相关

---

1 卡莱尔:《孤注一掷:然后呢?》(T. Carlyle, "Shooting Niagara: And After?", *Scottish and Other Miscellanies*, London: Dent; New York: Dutton, 1932, p. 321)。
2 我只是指美国的中学和大学。对历史在其他国家教育制度中的地位我并不能确知,不过我大胆设想,应该要比过去的地位低。

联。过去，家庭是一种叙事机制，它代表过去，诸事的开始包括子女都有一个故事，它有忠告要给。

2

在说到我们的文化对叙事的负面看法时，我并非意在讨论这个问题本身，而只是想对适时地进入我们观照视野的那些文化现象做一点举例说明。但既然它摆在我们面前，那我们就让它恰如其分地发挥进一步的作用，进而引出一个庞大而困难的主题，那就是与现代心灵理论特别是无意识相关的真实观念，后者是现代心理学理论中的一个决定性的概念。无意识概念目前的这种复杂意涵是由精神分析造成的，而不用我多说大家都知道，精神分析是一门以叙述、讲述为基础的科学，它的解释原则是，无论用什么办法，反正要让故事被讲述出来，以了解它是如何开始的。它认定，讲出来的故事会给出忠告。

精神分析是在艾略特宣布小说已经走到尽头前不久才全面登上文化舞台的。一些批评家推断，精神分析本身在小说退化方面起了作用，与小说相比，它为行为提供的叙事性解释似乎更完整、更权威。但如果精神分析可以被认为是在与小说竞赛，并且赢得了某些优势，那么这种好景也并不长。前面我曾谈到，目前很多人已经不再相信弗洛伊德理论。导致这种情形的原因不止一种，但当代人不再迷恋叙事这种解释方法无疑对此具有某些影响。

不过，如果说对精神分析的不信任是我们的一种文化倾向，那么这种倾向仍然绝对不是完全彻底的。弗洛伊德的诸理论要素中起码有一点没有被抛弃的危险，因为它是我们文化性格中的固有组成部分。它是这样一种学说，人的心理有两个系统，一个是显露的，另一个是潜伏的或隐秘的。这不是一个我们始终可以安之若素的观念——我们每个人都可能会怀着惊奇和尴尬的心情承认，我们身上有许多证据表明这个无意识的心理系统是存在的，而我们的惊奇与尴尬本身就是其可信性的明证。尽管偶尔有些变化，但无意识心理系统的观念还是在我们的文化中牢固地树立了起来。

当然，一部分心理活动不能立即为意识所知，这样的观点本身并不新颖，它并非源于精神分析。弗洛伊德本人说，发现无意识的是诗人。在诗人本能地认识到无意识的存在之外，还有许多人曾明确地提出他们相信无意识的存在，有些人还就其性质进行过具体明确的分析。学者们对弗洛伊德以前的众多无意识理论已经做过描述，最近亨利·F. 埃伦伯格则在他的著作《发现无意识》中尤为详尽地讨论了这个问题。

在谈到弗洛伊德思想的源泉时，埃伦伯格教授举例说，有一种知识倾向需要重视，因为它迄今一直被忽略。这是一种心理倾向,在欧洲几百年来都很突出,埃伦伯格称之为"撕下面具的倾向",并将之描述为"系统地查究欺骗和自我欺骗,揭露隐藏的真相"。[1]他认为其开端是17世纪的法国道德家,而叔本华、马克思、易卜生和尼采则是后继者。我曾经说过,"撕下面具"在法国大革命精神中发挥了重要作用。"撕下面具的倾向"在我们的时代继续发挥其旺盛的活力,如果我们要试图说明,为什么像显露的心理系统下面隐伏着另外一种心理系统这样的观念能够赢得我们广泛的认同,那么一个毋庸置疑的理由就是,这种观念吻合于下面这个根深蒂固的信念:在每一个表面的人类现象之下都隐藏着另外一种不同的真实,通过有力地揭示这种真实,我们将获得智识、实践和(特别是)道德的优势地位。

精神分析理论认为,心理的意识系统是无意识系统之能量与意图的面具。对精神分析做如此描述,虽不够全面但还是准确的。弗洛伊德本人认为,作为意识的所在地,自我是"本我对外展示的表面",而本我是无意识的。[2]这暗示着自我与本我有共谋关系,实际上这种关系是存在的;但这并没有体现出二者之间同时存在

---

[1] 亨利·F. 埃伦伯格:《发现无意识》(H. F. Ellenberger, *The Discovery of the Unconscious: History and Evolution of a Dynamic Psychiatry,* New York: Basic Books; London: A. Lane, 1970),537页。

[2] 弗洛伊德:《文明就及其不满》,66页。

的互相对抗的关系。本我的能量与意图是本能的，是利比多（性欲），它的唯一目的是获得快感。自我主要关心的是人这个有机体的存活，为此自我要控制本我那无所顾忌的能量与意图，进而将它们逐出视线之外，即意识之外。通过如此压抑本我的冲动，自我使社会成为可能，这对人的存活来说是必要的。

但我们都很清楚，故事并没有到此结束。本我的本能驱动力虽然受到控制并在很大程度上被压抑，但它并非默然同意自我的活动安排。在它们的放逐地，即幽深的无意识里，这些内驱力与意识系统维持着一种复杂的颠覆关系，并通过它在某种程度上成功地表达了自己，不是直接而是借助迂回的象征手段。被压抑的本能驱动力的象征性表达往往包含某种程度的痛苦和功能障碍，这被称为神经官能症。这种病症在人类中普遍存在，用弗洛伊德的话说就是，"我们都病了"[1]。神经官能症源自心灵的本质，其强度各人不同，有些人由象征过程引起的痛苦或功能障碍非常严重，需要临床治疗，但这类人的心理动力学与一般人的心理动力学并无区别，我们都是神经官能症患者。

精神分析的临床方法大家都熟悉。其治疗方法基于

---

[1] 弗洛伊德：《精神分析引论》（S. Freud, *Introductory Lectures on Psychoanalysis,* Part III, Standard Edition, vol. xvi, London: Hogarth Press, 1963），358页。

这样一种信念，一旦心理的意识部分学会解释被压抑的无意识内驱力的晦涩象征，并通过这种办法认识所恐惧的东西、被逐出视野之外的东西，自我就能够面对本我那原原本本的一切冲动，从而缓解它们的象征性表达所导致的那种痛苦。患者，即精神分析的对象，通过各种方式——通过找回他的童年经验，通过倾诉他的梦境并在精神分析师的帮助下解释这些梦境，通过讲述他的幻觉和难以捉摸的想法，其中有些会显得琐碎、愚蠢，有些会觉得羞耻——将学会识别那些被放逐的冲动的破坏手法，与它们达成妥协，承认它们就是他本性的恰当构成要素，从而剥夺它们对自己的掌控。

精神分析的治疗过程似乎是由一种相当辛苦的自我认识的努力构成，即努力尝试在个体的精神生活中识别并克服一种不真实，这种不真实是要加以谴责的，尽管它是不由自主的和普遍的。之所以这样说，不仅是由于它先前是被隐藏的、如今则被发现了，也是因为真实的观念很容易与本能尤其是性本能相连，而且是因为精神生活的一种深刻的不真实带有神经官能症的性质，它让自身成为其他某种东西的伪装性替代。精神分析说，神经官能症的痛苦或功能障碍是"替代性的满足"——有什么比通过假扮其对立面而获准进入意识的那种快感冲动更不真实的呢？神经官能症就是达尔杜弗式的欺骗，是精神的一个部分对另一个部分的欺骗。通过对其诡计的仔细研究，就可以将其面具揭开。

这种活动本身并不是精神分析疗法的全部，也不是完善的神经官能症理论的全部。不过它表达的也许是我们可以称之为弗洛伊德理论体系的初始原理的东西，因此萨特在抨击精神分析时，特意将其选为主要目标。萨特认为，精神分析活动追踪并揭露精神生活的不真实，这种做法本身就必然是不真实的。

萨特是在《存在与虚无》那著名的第二章里发表这个观点的，这是一部认真研究人之真实的条件的不朽著作。这一章的标题是"不诚"（Bad Faith），该书的英译者在她的文章《专门术语题解》中将它部分地界定为"单个意识的统一体之中对自身的谎言"。萨特认为，精神分析处理隐秘的本能驱动力的方式在两个方面容易受到这种虚假性的指责。一是有关精神分析所宣称的精神二元论的道德后果，一是有关精神分析对它所谓的心理机制的谎言和欺骗加以解释的那种意图上的天真幼稚。

萨特所指的二元论是无意识的本我（完全由本能的驱动力组成）和意识的自我。"通过区分'本我'和'自我'，"萨特说，"弗洛伊德把心理整体彻底分成两半。"精神分析的欺诈就是从这种二分法开始的，它表现为整个心理的一半把另一半看作一个对象，因而宣称对它放弃责任。这一免责声明是由以下情形暗示出来的，本我的行为只有通过假说才能为自我所知，作为一种可信度或高或低的可能性；作为个体道德存在的真实部分，它们不能通过直观的力量、可感知的经验的力量来加以认识。正如萨特所说："我是自我，但我不是本我。"也就是说，"我是我自己的诸心理现象，因为我在它们的意识现实中接受了它们时才如此"。接受精神分析的人被引导着观照心理，这样，他，那个自我的他，主体，注意到他精神生活中不在"意识现实"的部分，它不是一种直观，而是一个对象。在他面前显现的这些心理事实，虽然在效果上对他具有决定性的重要意义，但他却把它们理解为诸外部现象，它们的存在与构成他的存在的意识是分开的。"我不是这些心理事实，"萨特说，"因为我是被动地接受它们的……"也就是说，他是将它们作为对象来接受的。而且，不仅本我的这些心理事实是自我被动接受的，它们在接受时的可信程度也是有限的——"我不是这些心理事实，因为我……是被迫求诸关于它们的起源和真实意义的假说的，就像学者对一个外部现象的本性和本质进行推测一样"[1]。验证这些假说是否为真的标准是"它解释的意识的心理事实的数量"，但真理的解释从来不会具有直观的确定性。

---

[1] 萨特：《存在与虚无》（J.-P. Sartre, *Being and Nothingness: An Essay on Phenomenological Ontology,* trans. H. E. Barnes, New York: Philosophical Library, 1956; London: Methuen, 1969），50 页、51 页。（中译本可参见陈宣良等译的《存在与虚无》，北京：生活·读书·新知三联书店，1997 年，84—85 页。——译注）

总之，精神分析远未能促进个人之真实的事业，实际上倒是以极端的方式颠覆了这项事业，它在精神生活中建立了二分法，其中一个要素被当作只是一个对象性的存在，而且还是假说，主体对它是不负责任的。

可能萨特没有注意到，精神分析在临床实践中一直试图克服据说被其假定了的二元论，使它成为一种所欲望的东西，这样展现在精神分析对象面前的心理事实对他就会具有直观的力量、可感知的经验的力量，从而成为他主体性的一部分。不可避免的是，这种主体化的程度不够彻底，部分心理事实仍然只是对象，保持冥顽不灵的存在状态。

萨特质疑精神分析之真实可靠时所持的第二个论点针对的是"审查者"的本质。"审查者"处在自我的意识和本我的颠覆性利比多能量之间，以防后者让自身直接显现。[1] 按照精神分析的说法，这个压抑的实施者和动因是属于精神生活的无意识部分的，在萨特看来，这种界定是错误的，因为审查者要想执行它的功能，就必须进行有目的的认知与辨别活动，这恰恰是意识的本

---

[1] 《弗洛伊德心理学著作全集》的编者们痛苦地指出，弗洛伊德只是在"极偶尔的情况下"才用"Zensor"一词，也就是"审查者"，他通常——"差不多总是"——用"Zensur"，也就是"审查机制"；审查机制的代理人被完全看作弗洛伊德自我理论发展据说是不成熟时期的产物（*The Complete Psychological Works of Sigmund Freud,* vol. xxii, p. 15n）。

第六讲　真实的无意识

质。"……它仅仅分辨出那些该谴责的冲动是不够的,它还必须懂得它们要被压抑,也就是说它起码在这里意识到自己的活动。总之,审查者如何能在没有意识到这些冲动的情况下来分辨要被压抑的冲动?我们能够设想一种对自身无知的知吗?阿兰说,知就是知我在知。我们更愿意说,一切知的活动都是对知的意识。"结论是,审查者必须有这样一个意识,它"意识到要被压抑的冲动,但这恰恰是为了不意识到它"[1]。精神分析把它的解释建立在精神生活的一个施动者的基础上,而这个施动者却是一个两面派,这当然是欺诈了。[2]

需要注意的是,萨特在《存在与虚无》中分析的精神分析理论是相对早期的精神分析理论。1943年在写作该书时,萨特并没有顾及弗洛伊德的思想在差不多四分之一个世纪里已经发生的变化。1919年,弗洛伊德开始对他的无意识理论尤其是自我理论进行根本性的修正。面对新的系统性论述,萨特对弗洛伊德把心理完全一分为二的做法的描述就未免过时,因为这时再也不能说他所设定的二分法就是意识的自我和无意识的本我。根据旧的理论,萨特可以有理由把自我理解为是意识本身的同义词,但在弗洛伊德对他以前的观点做出重大修改

---

[1] 萨特:《存在与虚无》,52—53页。
[2] 我没有详尽地概括萨特的观点,他针对的是精神分析对受分析者"抵制"治疗过程的解释。

后，自我就不再视为与意识等同了：现在自我的某些部分据说就像本我本身一样在视野之外，在幽深的无意识之中。"自我中有某些东西，"弗洛伊德说，"也是无意识的，其行为就像被压抑的一样——也就是说，它无须自身意识到就能产生强大的效应，它需要特殊的工作方能被意识到。"[1]

另外，自我也不再被看作"某种自主统一的东西"以及完全与本我敌对。确切地说，弗洛伊德认为，自我其无意识的部分是"没有明显边界地延伸"到本我。"自我本身集中了利比多的力量"，这两种心理实体非常亲密地纠缠在一起，以至弗洛伊德能够说自我"就是利比多的家，某种程度上还是它的指挥部"。[2] 而过去二者只是相互为敌。

还有一处对早期关于自我的描述的修改。让弗洛伊德惊奇的是——他说这是一种"奇怪"的现象——在自我的无意识部分进行的活动与自我的意识部分所独特地从事的一些活动是一样的。这些活动被认为是（用弗洛伊德的话说）"极其高级的活动"[3]，比如道德判断、自我批评等。

---

[1] 弗洛伊德：《自我与本我》（S. Freud, *The Ego and the Id,* Standard Edition, vol. xix , London: Hogarth Press, 1961），17 页。

[2] 弗洛伊德：《文明及其不满》，66 页，118 页。

[3] 弗洛伊德：《自我与本我》，26 页。

第六讲　真实的无意识

弗洛伊德修改自己的自我理论，其重要性是一目了然的。自我可以说是跟世界谋生计、打交道的心理部分，过去认为，自我是完全有意识的，它实际的、有目标的存在受到盲目的本能冲动的折磨，后者企图颠覆它。现在对自我的理解则是，它有一部分是到达不了意识的，与本我一样转弯抹角，跟本我的利比多能量深深地牵连在一起，同时它的"极其高级的"道德判断和自我批评活动不仅在本我上对自身加以指导，也在自我的意识部分上指导自身。

假如萨特注意到了这一点，那他的理论似乎就没有什么新意了，他是有意使他关于精神分析学之内在虚假性的观点能够成立的。诚然，我们已经看到，不应该再去指责弗洛伊德按照萨特所抱怨的那种方式把心灵彻底一分为二，但如果主体—自我和对象—本我的二元论已经被废除，我们现在就有了一组更大、影响更甚的二元论：意识的自我是主体，无意识的自我是对象。这样，从现象学和存在主义的立场看（萨特的那一章就是榜样），它又完全不真实了。至于弗洛伊德认为审查的施动者就是自我的无意识部分（他认为就是道德判断和自我批评活动），这似乎就又肯定了萨特的论点，即这样称呼无意识是不恰当的，因为根据定义，这些"极其高级的"活动是以知为基础的，而同样根据定义，知是对知的意识。

对精神分析理论来说，这种被归咎于它的矛盾不能认为是它的困境之源。可以说，弗洛伊德后期思想发展的倾向确实就是要赋予无意识尤其是自我那些感知的特性、知的特性，这些特性是有意让它们包含其中的。如果这导致必须把它们描述为意识，而精神分析却把它们叫作"无意识"，那么这种矛盾只是术语上的矛盾而不是认识上的矛盾。如果我们把它认定的情形描述为这样：有两种意识，一种不能通过直观到达另一种，精神分析学的真诚性就不会受到怀疑。

精神分析学在它称为无意识的地方所发现的那种系统性意向在程度上增加了，但这丝毫没有让将它带入所谓意识进行理解的任务变轻松。相反，自我极端复杂的局面和动力，它所要求的"特殊工作"，令早先精神分析在治疗方面的那种乐观主义徘徊不前，至少让人在成功治疗所需要的时间长度方面颇费踌躇，从而导致弗洛伊德在写作论文时用了一个颇为令人不安的标题，《分析的有期限与无期限》。无意识顽疾的加重现在被归咎于新认识到的那条不真实原则，其欺骗性在它成功地把社会理性和权威服务于一己私利方面可见一斑。实际上，这条不真实原则具有无法抗拒的力量，这是弗洛伊德成熟的社会理论中一个令人深思的观点。

毋庸赘言，从一开始，某种社会的观念就已经是弗洛伊德心理学的核心。自我是一个社会性的实体，社会是它的实验田，自我大多时候是根据社会来确定自身的方向的，并从那里获得许多满足。在与本我（反社会的冲动是它的特性）的关系上，自我是社会的替身。人们会说，社会的要求非常严格，它的个体成员的自我和本我在它那里遭受了太多的挫折。但是，社会生活正是奉自我之命而形成的，并服务于自我存活的目的。社会为促进自我的目标而索取的价码是可以进行仔细审视的，也是可能加以调整的。精神分析学当然不同意这样的看法，即集体生活和由此产生的文明可以在任何基本的方面进行改变，以将个体从挫折中解放出来，但精神分析学却似乎真的表明，个体与集体的关系粗略地讲只是一种契约关系，个体可以实用主义地去看待它。这种关系似乎承认双方至少在一定程度上都有通融的余地。

但是这种关于个体之挫折原因的看法随着弗洛伊德对自我认识的新的发展而有了重大修正。1930年，弗洛伊德就他的心理理论之于人的社会命运的意义发表了论述最为充分的观点。《文明及其不满》是一部力量非凡的著作，就我们时代的社会思想来说，这部著作的重要性是独一无二的。它就像雄狮一样当路而立，一切希望通过彻底修正社会生活而获得幸福的人都要面对它。

尽管弗洛伊德有天生的清晰表达力，《文明及其不满》仍然是一本艰深的著作，部分是因为这部论著从事的是引领我们摆脱成见的工作。社会是人之挫折的直接而"充分"的原因,对这样的看法我们已经耳熟能详并且习以为常,而《文明及其不满》的中心观点是,社会只是挫折的"必要"原因。按照弗洛伊德后来修正过的对无意识之动力的描述,人之痛苦的直接动因是无意识本身的一个要素。文明的要求确实安排了一套严格的训练程序,其中心是自我,但弗洛伊德说,这个程序实际上被无意识的自我逐步提升到了超出社会环境合理要求的地步。《文明及其不满》的一个令人深思的观点是,在建立文明的过程中,人的心灵也在压迫自己的本性,以至于它无休无止地严厉地对待自身,许多时候这种严厉是没有必要的。

这种过分严格的特定施动者是无意识中的一个要素,在我迄今有关精神分析学的论述中,这个施动者尚未被提及,尽管我们已经说到它的一些活动,即那些"极其高级的"道德判断和自我批评活动。弗洛伊德把无意识中执行这些活动的要素称为超我。他说,超我起初是自我的一部分,但后来退出自我,成为一个自主的存在,并对自我的活动拥有支配地位。它从社会取得自身的权威,某种意义上是社会在心理中的替身,但只是在某种意义上我们可以这样说,因为就压抑而言,超我远比社会严格,后者的目的基本上比较实际因此受理性的控制。通常我们把超我等同于良知,从而误会了超我的本质。二者只是在一定程度上可以等同。良知的作用受其实际社会意图的左右，但超我却没有这样的限制，因此它的活动绝不是理性的。[1]它确立的反对自我的程序基本上是没有必要的，既超出了理性的需要，也超出了理性的理解范围。它所造成的独特痛苦弗洛伊德称之为负罪感（guilt）。

我们必须清楚，在弗洛伊德那里，这个名声不好的词并没有它一般的意思。弗洛伊德并不是用它指对作恶的意识，后者他称为悔恨。[2]按照弗洛伊德的理解，负罪感的本质恰恰是，它不是源于实际的作恶，也不是有意识的。它源于未实现的、压抑了的作恶的愿望，特别是对不容亵渎的人的侵犯，这个人最初就是父亲。负罪感不是一种独立的、明确的感情，而是对感情的否定，是焦虑与沮丧，是个体力量的缩减，是他意识的自我之意图的歪曲，是满足、快乐甚至欲望之可能性的否定。负罪感就是布莱克笔下的那株独干蔷薇根部的蛀虫[3]。

这里我认为有必要指出，《文明及其不满》对超我的描述是——当然是有意——很带偏见的，整个强调的就是超我行为的多此一举、缺少分寸和理性、不必要地严

---

[1] 有关弗洛伊德对良心和超我的复杂区分，请参见比如《文明及其不满》的第 136 页。
[2] 参见同上，131 页。"当一个人在犯下某种罪行后，他有一种罪过感，正因为这样，这种感觉就应该更恰当地叫作悔恨，它只与已经做过的行为相关……"另可参见 132 页，134 页（关于悔恨的"常态"），136—137 页。
[3] 见威廉·布莱克《天真与经验之歌》中"蔷薇"一首。

格。相对于这种贬损的观点，我们应该记得，弗洛伊德曾认为超我的建立是精神发展过程中的决定性"进步"。"伴随着人类发展的进程，外部性的强制逐渐内化了，"他在《一个幻觉的未来》中说，"作为一种特殊的心理代理，人的超我接管了这种强制……每个儿童都向我们展示了这种转变的过程；只有通过这种方式他才能成为道德的、社会的存在。超我的这种力量的增强是心理领域弥足珍贵的文化财富，那些发生了这种转变的人就从文明的敌人变成了文明的工具。在一个文化单元中，这样的人数量越多，文化就越安全，外部施压的手段也就越能够免却。"[1]

但是，在我们尽一切可能认识到超我在创造并维护文明社会时所发挥的基本的、有益的作用之后，我们也不能忽视它那该遭到谴责的非理性和残忍。这些特性最终表现在可怕的悖论中，即虽然超我要自我一方克制，但自我奉命进行的每一次克制都不但没有让它平息，实际上反而加剧了超我的严厉。自我所放弃的攻击性被超我用来强化它自身对自我的攻击，这种攻击的唯一动机就是它自身的变本加厉。自我越屈从于超我，超我就越要求自我屈从。

在这里要就弗洛伊德对超我何以成为现在这个样子

---

[1] 弗洛伊德：《一个幻觉的未来》（S. Freud, *The Future of an Illusion*, Standard Edition, vol. xxi, London: Hogarth Press, 1961），11页。

而做的解释加以复述是不切实际的——他的论述极为艰深，实际上包括了一种自古有之的辩证关系的矛盾和转化，这是促进与统一的本能（被弗洛伊德称为爱的本能）和被假定出来的死本能（攻击由此产生）之间的辩证关系。[1]对我们的目标来说，这整个的幽暗历史虽然很迷人，却不是十分重要。我们只要明白下面一点就够了：虽然超我是为了文明的需要而被委以规训的职责的，但它的实际行为却没有受到那些需要的制约；超我从理性的、实用主义的权威向没有必要的残忍的暴君的运动是完全自主的。

既然如此，难道我们不可以说弗洛伊德的心理理论和社会理论本质上具有他一方面加以谴责，另一方面又认为是心理结构基本特征的那种公然的虚假性吗？在他的眼里，人在文明中的存在是受一个心理实体的决定性限制的，该心理实体在关心社会的和平与联合的幌子下不断地进行攻击，其唯一目的就是要提高自身的权力，它所施加的惩罚不是针对实施了的行为，而只是针对一个拒绝了的念头，它不但没有因为对方默然同意了它的

---

[1] 也许值得注意的是，虽然在弗洛伊德使用爱欲（Eros，希腊神话中的爱神厄洛斯——译注）一词之后，作家们也有权经常把死本能称作萨纳托斯（Thanatos，希腊神话中的死神——译注），但弗洛伊德本人却没有用过这个希腊词，也许是因为他想让死本能这个纯理论的和人们不太容易接受的概念具有直截了当的日常语言的力量。

要求而有所平息，而且在实际上变本加厉，直到对方俯首帖耳。这个贪得无厌的暴君也没有把它的活动仅仅局限在个体的内在生活之中，它要求顺从的强烈欲望激起了人对人的愤怒，并为这种愤怒文过饰非。心理洞穴里这个凶猛的偶像，其霸权也许确实非文明之所需，但显然对这个大骗局的容忍使文明与它古怪的不真实性深深地牵连在一起。

我们很自然地就会想，如果人类存在的这种反常状态能够被理性的知识所发现和描述，那么借助同样的力量也就应该可以对付它，以控制它的活动从而切实地增进人类的幸福。我们难免会这样想，既然超我的攻击性，牵强附会地说来，部分原因是对自我攻击性冲动的反应，那么对社会安排进行一些修正就会减轻自我的攻击，从而导致超我也减轻它凶猛的特性。这种规划离实现究竟有多远呢？在《文明及其不满》的结尾，弗洛伊德本人提出了这样的问题。他的回答是试探性的，语气比较温和，力求不至于对所有头脑清醒的人必定都会抱有的向往加以否认。他不愿意断然否定设计一些对他所描述的心理动力有很好效果的社会形式的可能性。尽管他出于礼貌，对我们的希望缄默不语，但他的怀疑是深刻的——我们不可能不认识到，这种怀疑是彻底的。他同意说，"可以肯定，人与财产之关系的真正变化"会使社会伦理理想更容易达到；但他不能接着说，这也会带来无意识生活的动力学的改善。他懂得，超我无限迫切的需要植根于永恒的过去，植根于有机体的自然史。在那里，为求得生存的不懈努力与希望在消灭中找到安宁的意志这二者是势均力敌的。面对这种矛盾所产生的心理动力，这种原始的肯定和同样原始的否定的混合（后来的一些矛盾又对此加以强化，比如对父亲的爱恨交加，既想独立自主又想与他人联合），任何对社会形式的修正都不可能因此而获得胜利。最终，这就是生物学所规定的事实，就是人的本性，其结果不可逆转。

我们必须认为《文明及其不满》是弗洛伊德学术生涯的顶点，可为什么他要带着如此阴暗的信条走向这个顶点呢？是什么样的动机使得他把人类生存的这种无可规避的痛苦和失望强加在了我们的身上？

我所提的这个问题就是尼采认为应该用来指导我们与任何系统性的思想家打交道的问题。他要求我们要看到理性表述结构之下的东西，从而发现隐藏着的并通过精心安排表现出来的意志。那个意志搞的究竟是什么名堂？它究竟需要什么——真正的需要，也就是说撇开它说它要的那个"真理"？

尼采所开列的这个问题并没有恶意，它的目的不是要"简化"而是要理解，是要通过认识一个人没有说出来的，甚至是无意识的意图来把握其思想。这是一种批判性的研究方式，对其正当性与效力，弗洛伊德本人自然也会加以肯定的。

针对那个问题，我愿意做出这样的回答：弗洛伊德之所以坚持认为，受心灵本性决定的人的状况基本上是不可缓解的，是因为他想支持从前经由上帝认可的人之存在的真实性。他试图让一切事物远离"失重"。

我们知道，对弗洛伊德来说，宗教是一个没有任何未来的幻觉。这种确信是他世界观的核心，他努力坚持这一点，无怨无悔。但弗洛伊德有心要从消逝的宗教中拯救一个要素，那就是宗教归之于生命的那种命令式的实在性。不同个性的人，有着互不相融的文化偏好的人，对《文明及其不满》的反应将是不同的，但所有的人都会积极或者消极地考虑它所着力表现的生命对我们的重大要求，这看来正是因为生命是坚固的、难以驾驭的和非理性的。弗洛伊德所设想的人类存在的矛盾组织，是对偏好、意志和理性的抗拒，它不是轻易就可以控制的。他对人的状况的想象保存了一些——很多——冷酷无情的东西，这是贯穿在犹太教传统和基督教传统中的东西，是对多艰的人类命运的反应。像《约伯记》一样，它提出并接受了苦难的神秘性与自然性——自然的神秘性，神秘的自然性——的问题。同时，它在根本上对受苦有一个解释，这是通过类似原罪的信条做出的解释：弗洛伊德年轻时把约翰·弥尔顿当作自己最喜爱的诗人不是毫无理由的，虽然救赎的观念对他来说当然什么也不是，他还是有些像弥尔顿那样，骇人地、兴高采烈地默然接受历史上人类生活的苦难。

我绝对无意认为，弗洛伊德对待人类经验的态度是一种宗教态度。我只是想指出，弗洛伊德对生命的反应和那种虽不与宗教无涉但又不是明确的宗教，不过从某种程度上说是包含在宗教之中并得到宗教支持的态度之间存在着相似性。这就是我们所说的犹太教和基督教中的悲剧成分，它与真正的悲剧文学体裁及其通过再现受难而获得的无法解释的力量，可以激发一种与希望很不相关的信念，一种几乎以骄傲的形式出现的虔诚——不管命运如何残酷无常，其固有意义的真实性都是不容否认的，对某种命令的认识就是对这种真实性的肯定，这种命令既使真实得以呈现，也要求必须对它加以接受，从而断定了被赋予这种命运的人的真实性。弗洛伊德希望保护的就是这种能够证明真实性的命令，它是非理性的，在理性所及之外。他认为这种命令存在于爱欲与死亡的辩证关系之中，这是人之本性的开端。在他的个人生活中，在他的性格与风格的形成过程中，这种命令都是决定性的。在他长期病痛的最后的日子里，弗洛伊德禁止他的医生使用任何药性强于阿司匹林的镇痛剂，当他发现人们出于同情违反他的嘱咐时，他勃然大怒："Mit welchem Recht？"[1] 善良的舒尔医生凭什么权利对病人的存在感受加以干涉，既然这是病人在选择他与命运的关系时已经规定了的？他凭什么权利干涉有机体"以自己的方式去死的愿望"（《超越快乐原则》里的话）？这种痛苦的诘问植根于那些对现在而言已经显得过时的假设之中。尼采之所以厌弃发展中的现代文化，就是因为他认识到，在现代文化中这些假设已经变得不合时宜，其活力始终在衰减。尼采对"一切事物的失重"，对经验的虚假忧心忡忡，他预见到这是上帝之死的后果。因此他对伟大时代里的希腊人的那种他所说的"生机勃勃的悲观主义"大加礼赞，因此他热情称赞amor fati（对命运的爱），用马克思的说法就是，"对人的现实的占有"。马克思说，"对人的现实的占有"也包括对人的受苦的占有，"因为按人的方式来理解的受苦，

---

[1] 这则逸事恐怕是错误记忆的产物。这里所描述的弗洛伊德的突然发怒实际上发生在一个完全不同的场合。厄内斯特·琼斯1923年说，当弗洛伊德最亲密、最忠诚的同事们得知，他的喉癌需要动一次大手术时，他们就是否应该让弗洛伊德完全了解此事展开了争论。许多年后，当弗洛伊德已经定居英国时，琼斯把那次讨论告诉了他，这时弗洛伊德才说了我所引用的那句愤激之辞。参见琼斯的《弗洛伊德的生活与工作》(Ernest Jones, *The Life and Work of Sigmund Freud*, vol. iii, London: Hogarth Press; New York: Basic Books, 1957) 第93页。我这里是将错就错。有关弗洛伊德拒绝服用比阿司匹林药性更强的任何一种药物，可以参见琼斯著作的245页："'我宁可在痛苦中思考，也不愿意不能清晰地思考。'他说。"

是人之自我的一种享受"。[1]

3

毋庸赘言,现代主流思想文化并不怎么欢迎《文明及其不满》,文明中的生命是理性意志很难驾驭的,这种观点根本上说与流行的思想观念相左。它虽然开阔了人的眼界,但却难免冒犯已经站稳了脚跟的道德感。它所构成的冒犯从标题就可以看出。弗洛伊德最初想把此书取名为"Das Unglück in der Kultur","文明中的不快乐",后来改成现在这个标题,"Das Unbehagen in der Kultur",并建议译成"人在文化中的不适",他也同意现在的这个英文译名。作为一种"不适"或者一种"不满","不快乐"比较轻描淡写,表明一方面它坚决接受生命、死亡以及二者无休止地辩证斗争的产物即发达的存在方式,但另一方面"不快乐"同时又对三者都报以冷眼:这是一种既投入又超脱的嘲弄态度,亚里士多德的恢弘大度的人就被要求这样做。这种贵族式的道德姿态难免会伤害平等主义的享乐倾向,后者是有教养的中产阶级典型的道德判断模式。

近几年英国精神病学家R. D. 莱恩的著作受到关注

---

[1] 马克思:《1844年经济学哲学手稿》,80—81页。其中这里的"受苦"一词被译为"受动"。——译注

和推崇，这清楚地表明了如今《文明及其不满》以及整个弗洛伊德理论与当代情绪之间的距离。弗洛伊德对复杂的心理动力学进行了详细的阐述，而莱恩却对此丝毫未予考虑。他的精神病理学理论排除了心理过程存在固有痛苦的可能性，并且实际上只是有限地承认精神活动的自主性。在解决精神分裂症这个格外棘手的难题时，莱恩认为，造成这种极度精神混乱的原因是极其简单的：精神分裂症是外部环境的产物，是一种外部影响作用于一个人的心理尤其是其自我感的结果，与别人相比，他更倾向屈从于这种影响。精神分裂的人明显具有莱恩所说的"本体意义上的不安全感"[1]，他的存在感受是虚弱的。他无法承受的有害影响通常以善的面孔掩盖自己，但其本质很容易发现，因为它始终是同一种东西，是社会通过家庭这个代理所施加的压力。要为精神分裂症的本体性破碎、"分裂的自我"承担直接责任的是家庭。莱恩直截了当地说，每个精神分裂症病例都应该理解为"是病人发明的特殊策略，目的是能够在不能生存的环境中生活"[2]，而且他指的始终是家庭环境，尤

---

[1] R. D. 莱恩：《分裂的自我》（R. D. Laing, *The Divided Self,* 2nd ed., Harmondsworth: Penguin Books, 1961），39 页及以后。
[2] R. D. 莱恩：《经验的政治》（R. D. Laing, *The Politics of Experience,* Harmondsworth: Penguin Books; New York: Ballantine Books, 1967），115 页。参见莱恩与埃斯特森的《精神正常、疯狂与家庭》（R. D. Laing and A. Esterson, *Sanity, Madness and the Family,* 1970）。

其是这样一种情形，即父母要求孩子拥有一个并非他真正自我的自我，成为他所不是的人。我们也许可以说，莱恩把精神分裂症理解为是病人对父母强加的不真实状态的反应。

莱恩并没有告诉我们，一个人通过哪些条件来发展或能够发展真正是他自己的个人存在，维护真实的手段是什么。虽然他的精神失常理论是对社会的终极控告，但他并没有提出任何修正现行社会制度的建议，以防止他认为是我们的文化"常态"所导致的那种精神病状或精神贫瘠。莱恩对特定事态的诊断分析是热切的，也不乏精彩动人之处，但能够从中归纳出来的唯一的社会行动原则却是彻底而苍白的消极态度——既然只有当一个人的成熟过程是自主自决的时候，他婴儿时期的那个自我才能维持其原初的真实性，那我们就得拒绝任何形式的抚养、教育或社会化活动，因为这其中都存在着规定性影响。

莱恩对精神与社会之关系的论述当然并没有什么新的实质性的东西，我们的文化多少已经习惯了他那样的说法。控诉社会实际上已经成为我们的一种思维定式，我们先验地认为，社会的各种规定扭曲了我们的存在，破坏了它的真实性。人们对莱恩论述的热情不是对其认识之原创性的回应，而是对其极端性的嘉许——他对社会的指控是如此绝对，以至于有一种令人振奋的解放感，哎呀，虽说它不是从社会必然性的束缚下获得的解放，起码也是从其道德权威的禁锢下获得的解放。

情形既然如此，人们也就不会有心理准备去接受下面这种关于精神与社会之关系的看法了：真实实际上是社会诸规定的产物，真实有赖于这些规定继续保持有效。提出这个观点的人不是某个保守的人文主义者，而是一个激烈控诉社会的作家，他就是赫伯特·马尔库塞。这不是马尔库塞有意要采取的观点，不管怎么看，它都仿佛是在马尔库塞提出完全相反的观点时强加于他的。因此当这个观点最初在《爱欲与文明》中出现时，其表现出来的矛盾性令人很难理解。照我看来，马尔库塞始终没有解决这种矛盾，不过它所导致的论点的混乱却给他带来了真诚的美誉。

在《爱欲与文明》中，马尔库塞试图对马克思和弗洛伊德加以调和。正如书名所示，《爱欲与文明》直接面对的是《文明及其不满》的理论学说。像诺曼·O.布朗（其《生对死的反抗》与《爱欲与文明》有某些亲缘关系）一样[1]，马尔库塞高度重视弗洛伊德的著作，他也像布朗一样严厉地抨击那些弗洛伊德学说的自由派修正主义者，比如弗洛姆，后者试图质疑弗洛伊德悲观主义

---

[1] 《爱欲与文明》问世于1955年，《生对死的反抗》问世于1959年。布朗在前言中说马尔库塞的著作与他本人的著作方向是一致的，即试图重启"废除压抑的可能性"。

第六讲　真实的无意识

的各种前提。马尔库塞接受了这些前提，但他驳斥了弗洛伊德由此形成的结论性观点，即心灵的结构是不能改变的，或者心灵的痛苦是不能有多大减少的。

马尔库塞相信心灵结构有彻底改变的可能性，这是基于他的这样一个观点，即自《文明及其不满》出版二十五年来，非常重大的变化实际上已经发生。马尔库塞说，技术的进步，经济的发展，已经减轻了物质需要的强迫性力量，而物质需要在弗洛伊德关于文明中的人的精神发展的论述中起着相当重要的作用。结果，由需要所导致的抑制和约束大大缓解。道德约束的松弛对个体心理的影响是明显的，这导致其结构的改变。马尔库塞认为，他所相信已经出现的变化预示着许多更重要的变化即将发生。他预言，超我命令性的和强制性的本性（他用"剩余压抑"和"执行原则"来表示[1]）将会过时——他所规划的接下去的心理变化曲线将走向"异化"的终结，走向青年马克思所展望的自由状态的实

---

1 马尔库塞：《爱欲与文明》(H. Marcuse, *Eros and Civilization,* Boston: Beacon Press, 1955; London: A. Lane, 1969)，35 页，37 页以下，44 页以下。(《爱欲与文明》的中译者将"surplus repression"和"performance principle"分别译为"额外压抑"和"操作原则"[《爱欲与文明》，黄勇、薛民译，上海：上海译文出版社，1987 年]，我认为是不尽准确的。按照特里林的理解，它们都与超我相关，且马尔库塞是在调和弗洛伊德和马克思的动机下运用这两个概念的，因此译为"剩余压抑"可以跟马克思的"剩余劳动"等概念相关联，而"执行原则"乃是超我强制自我的执行。）——译注

现，在那里，所有人的活动都是不计酬劳的。

在弗洛伊德看来，评价一个人的心理健康状况，亦即他在文明之中拥有最小不幸或最大补偿性满足的机会，有两个标准，马尔库塞对此特别关注并且绝不退让。这两个标准是工作的能力和基于生殖器的性欲的完全发展。毫无疑问，在这两者之中，都会发现某种程度或某一类型的个人自由。工作的能力可能含有工作的欲望；弗洛伊德很少考虑强迫性劳动，而是关注有目的的、建设性活动，后者能够给人以满足的承诺。而基于生殖器的性欲的发展可以说只有当它在自主和愉快状态下实现时才能成功。当然，生殖器性欲和工作都包含相当程度的约束和自我克制。在人类目前的状态，即使是最为自由地选择的、最为热爱的工作都包含着挫折，因此需要顽强的坚持和自我规训。而且，生殖器性欲的发育是一个艰苦的过程，只有通过弃绝此前那些性满足的方式才能完成。马尔库塞预言的视野很广阔，他展望到了最终对死亡的胜利，或起码是对恐惧死亡的胜利。他预见有一天，那个奉超我之命出现且目前主宰着我们对工作的认识和生殖器性欲观念的命令性的"执行原则"，将会放弃它严厉的统治。马尔库塞吸收了威廉·布莱克的精髓，认为阴茎的特性就在于它是异化和暴政的代理力量。布莱克称阴茎是"自命不凡的大祭司"，它坚决要"从秘密的地方"进入，从而说明身体"每一个微小

164

的部分"都不是神圣的。当婴儿的性冲动（弗洛伊德称之为多形态的性倒错活动）不再因赞成某个排他性的性功能而被压抑的时候，克己与犯罪感的怪圈就会被打破，在超我之中建立起来的死本能就会失去攻击自我的活力。

这就是马尔库塞的论证过程，它奔向的是和平、自由与快乐的最终命运，而物质需要之压力的减轻和相应的文化约束的减轻已使这种命运的实现成为可能。但是正如我所说，在这个过程的某一处，他的观点出现了偏移，从而导致令人吃惊的自我否定。这是一目了然的，1955年，马尔库塞写作此书的年份，美国文化出现了道德约束松弛的现象，据说给补偿性的心理突变许可了希望，但这却一点儿也不能让马尔库塞开心。相反，他沮丧地看待这一事件，为此做了相当详细的解释。

导致马尔库塞沮丧的主要原因是，随着家庭传统角色的变化，家庭在抚养儿童方面的作用大大降低了，因此心理形态就不再是弗洛伊德所描述的那样了。马尔库塞在这里绝不是坚持认为对自我的伤害是由超我不必要的严厉、由"剩余压抑"造成的，照过去经典的说法即是由家庭造成的。恰恰相反，他关注的完全是超我力量的退化，他认为这导致个性化和自主在程度上的可悲的降低。"过去，母亲与父亲是爱与攻击的目标，通过与他们的斗争，"他说，"年轻的一代带着主要是他们自己的冲动、观念和需要进入了社会生活。因此，超我的形成，他们冲动的压抑性修正，他们的克制与升华都是非常个人化的经验。正是因为这一点，他们的调整留下了痛苦的伤痕，而生活……仍然保留有一个私人的不遵从的领域。"但在我们现在的文化环境中，马尔库塞说，随着家庭尤其是父亲权威的大大降低，个体的自我"已经大大萎缩，本我、自我和超我之间形式多样的对抗过程不再能像过去那样展开了"。现在的情形是，"成熟自我的形成似乎跳过了个性化的阶段"，结果"无个性的原子直接变成了一个社会原子"。[1]

马尔库塞关于个体发展的说法我们以前已经听说过：他的意思与卢梭说社会化侵犯并否定"存在的感受"是一样的。卢梭认为，与古代斯巴达人相比之下的他同时代的人，或者与日内瓦人相比之下的巴黎人，其存在的感受减弱了；同样，马尔库塞偏爱由相对压抑的社会塑造的人格类型（弗洛伊德视这种社会为默认配置），而不喜欢后来更为放任的时代里的人格类型。

可以充分预料的是，马尔库塞关心的头等大事是个性的衰减所具有的负面政治含义。他为之忧心忡忡的是，与传统的社会相比，一个富裕的、性开放的、以享乐为中心的社会将更高效、更深刻地控制个体；他被迫

---

[1] 马尔库塞：《爱欲与文明》，96—97页。

得出结论说，克己和升华将催生道德上的不妥协和政治上的行动主义。但是在他的乌托邦承诺面前，马尔库塞不只是出于道德及政治的原因才宁可选择由非放任的社会所形成的性格结构的。与卢梭一样，他对这个问题的判断某种程度上是由我所说的对人格的审美偏好所引导的。他喜欢人们有"性格"，哪怕以失败为代价。他坚定不移地相信，人类生活的恰当品质，它的强度、创造性、可以触摸的实在感和重量，都需要经验的刺激。毫无疑问，这与马尔库塞所降生的这个世纪流行的伦理风格非常吻合。1819年，济慈在他最值得注意的一封信中写道："你难道没有发现，锻造才智、铸就灵魂多么需要无量的痛苦与麻烦？"也就是说，一个自我或个人本身如济慈所说"注定要有身份感"（着重号乃济慈所加）。正如我们已经看到的，弗洛伊德以他那种古怪的方式将同样的培育功能归之于必然性。而马尔库塞通过预言需要的真正目的，从中发现了一个反常的善行——个体及其经验的真实性依赖于需要的严厉命令。

毫无疑问，马尔库塞对为必然性所塑造的那种个性鲜明的性格结构的偏好和他对将会取消必然性的乌托邦的不无争议的信奉是矛盾的，而某种黑格尔式的策略将会妥善地解决这个矛盾，但我尚未发现那种灵巧的辩证法已经被采用过。这种矛盾与那个恼人的问题即如何促进乌托邦救赎进程的问题都立足于马尔库塞1955年观察到的那些心理变化，这些心理变化所导致的性格结构和文化在他看来无论在优雅的风度还是在真实性方面都是有缺陷的。

4

我说过，马尔库塞重视的是由传统社会的要求所规定并加以强化的性格结构，这使得他跟流行的关于个人真实性之激进思考的趋势区分开来，并与后者的意见相左。他与流行趋势的距离可以根据这种趋势的极端但个性鲜明的表现来加以衡量，近年来这种表现已经非常引人注目——它认为，精神病是一种真实性程度特别高的存在状态。

我们可以认为，这种异乎寻常的观点的形成，部分是对我们这个时代精神疾病不断显露、和采取的形态之暴烈的一种反应。差不多四十年前，精神分析学家们能够注意到，弗洛伊德早期实践及理论所关注的歇斯底里神经症正在让位于所谓的性格神经症，其病症不甚明显、严重，主要是焦虑和无能，但不管多么痛苦，还不至于对病人参与社会生活构成严重阻碍。这种缓和的病理趋势——或者说对病理认识的趋势——现在似乎有了彻底的变化，一些精神不正常状态的严重性已经超过所有的神经官能症。精神病理论现在关注的焦点已经不是神经官能症，包括外行人提出的问题，而是更为严重的精神病症，特别是精神分裂症。弗洛伊德的临床理论绝非跟精神分裂症无涉，但其典型的诊疗程序却对这种疾病的治疗没有决定性的效力。至于弗洛伊德的气质，我曾经将它称为对文明中的生活既接受又疏远的一种贵族姿态，使得它明显地——令人痛苦地——不适合于精神病人的处境。

鉴于情形相当严重和可悲——据估计，每百名儿童就有一名成为精神分裂症患者——也鉴于人们无法确定精神分裂症的病因究竟是哪一种生理功能障碍，人们免不了要在社会因素中寻找这种严重疾病的原因。同样免不了的是，一旦这种貌似真实的因果联系确立起来，随之而来的对社会特征的描绘终将是贬斥性的：社会没有被看作文明的力量，为了人类发展的利益，它索取的代价虽然很高但并未超出人类财富所能承受的范围，相反，它恰恰被视为它佯称要加以培育的人性的破坏者。这种思想方式将导致下面的观点，即精神失常是人的一种存在状态，它会因为其颇有威严的真实性而受到尊重。但这样的观点却不是不可避免的。

这个观点有两个被认为理所当然的理由。第一，精神病是对社会的强制性不真实的直接而恰当的反应。也就是说，精神病不仅是社会要求所导致的一种状态，是一种被动忍受的状态，它还是一种行为，表达了精神病患者要迎击并战胜强制性处境的意图；不管这种意图成功与否，它至少是一种批评行为，暴露了社会的真实性质——照这样的解释，精神病就是一种理性，而社会本身才该受到责难，它才是非理性的，近乎疯狂。第二个理由是，精神病从总体上说是对限制性条件的否定，是一种个人化的存在方式，其力量以自给自足的方式得到保障。

我想，以分析论证的方式来处理我们知识性文化的这种现象将是多余的。这种观点可以被看作一种智识方式，但分析论证对此是不合适的。这种智识方式曾经以佞谈（cant）的名义出现，而佞谈一词在现代语汇中的消失倒是一个值得注意的现象。在对这种观点加以描述时，我并无意贬低它的文化意义，实际上我认为它是非常重要的。

诺曼·O.布朗1960年在哥伦比亚大学"大学优等生协会"（Phi Beta Kappa）[1]联谊会致辞时所说的话虽然不全是佞谈，但差不多是这样。他谈到他渴望得到"上帝的赐福"和"超自然的力量"，他说这些只能在疯狂状态下出现。布朗教授煞费苦心地指出，这种必要的疯

---

[1] Phi Beta Kappa，这是三个希腊字母的音读，是美国大学优秀生和毕业生的一个荣誉组织。该团体的格言是"哲学是人生的导引"，此格言由三个希腊词组成，每词第一个字母分别为Phi, Beta, Kappa，只有在大学学习成绩非常优异的人，才能被选入该团体作为会员。——译注

第六讲 真实的无意识

狂必定是"神圣的"疯狂,他恰当地提到了《斐德若篇》中的苏格拉底以及费其诺[1]和尼采。[2]也就是说,当他鉴别出一种想象的状态时,他说的不是字面意义上的精神失常,而仅仅是比喻意义上的失常。人们通常用更加令人振奋的词"疯狂"来指称这种状态,并用其古代的出处来加以证实。通过这种想象状态,个体逃出了社会制度的禁锢,逃出了在科学,实际上即是在语言中确立起来的民主形式的理性的禁锢。但虽然这还不成其为侈谈,却有发展成为侈谈的趋势,并使名副其实的侈谈变得更容易。在戴维·库珀为米歇尔·福柯《疯癫与文明》的英译本所写的序言中,我们就看到了这种侈谈。《疯癫与文明》讨论的是近代将疯狂作为病症加以认识的观念是如何发展的。库珀是一个著名的好争辩的精神病学家,是莱恩博士的合作人。"疯狂,"他说,"在我们的时代已经成为某种消失的真理。"他接着说:"正如福柯在这部杰出著作中非常清楚地表明的那样,疯狂是一种在绝境中抓住真理的牢固基础的做法,这种真理是我们更具体地认识我们是什么的支撑。疯狂的真理就是疯狂之所是。疯狂之所是是一种幻觉,面对现存的各

---

[1] 费其诺(Marsilio Ficino,1433—1499),意大利哲学家,提倡柏拉图研究,为柏拉图主义的复兴和传播做出了贡献。——译注
[2] 诺曼·O. 布朗:《天启》(N. O. Brown, "Apocalypse", *Harper's Magazine*, May 1961, pp. 46-49)。

种社会战略战术形式，它选择了湮灭，从而摧毁了自身。例如，一种疯狂表现为，他说他认识到他是（或你是）基督。"[1]疯狂根本不是一种疾病，疾病是一种丧失，疯狂则是最终充分实现的健康。与库珀相比，莱恩更加聪颖，文笔更出色，因此更有资格讨论这个问题，并且观点更复杂。在他看来，只是"有时"（着重号为他所有）"超自然的经验……会从精神病中突然显现"，显示其与"那些作为一切宗教之源头活水的神圣经验"的联系。莱恩对"真正"的疯狂和那种作为愈合之"滑稽模仿"的疯狂进行了区分，只有"真正"的疯狂才能产生具有启发价值的超自然经验。但是所有的精神病都应被看作一种治疗过程，它本身不是一种疾病而是治愈疾病的一种努力，无法明确肯定"真正的精神正常是否需要一种或另一种正常自我的解体，虚假的自我是否完全适应了我们这个异化了的社会现实……"

已经拥有了我们社会现实经验的人，谁还会怀疑它的异化状态呢？按照过去二百年来已经取得的某些重要思想（其中一些本书已经做过讨论）来看待自身经验的人，谁会不乐意看到，某个主张要像反律法主义者那样对所有公认的价值、所有普遍接受的现实予以颠覆的观

---

[1] 戴维·库珀：《〈疯癫与文明〉序言》（D. Cooper, introduction to M. Foucault, *Madness and Civilization: A History of Insanity in the Age of Reason*, trans. R. Howard, New York: Random House, 1965; London: Tavistock, 1967, pp. vii-ix）。

点能够存在令人信服的种子呢？

但是一个与患精神病的朋友打交道或试图与他打交道的人，会同意暴露朋友那隐蔽着的困惑与孤独的痛苦，把他作为从异化的社会现实之谬误的禁锢中解放出来的榜样来看待吗？那些觉得用超自然及超凡魅力来描述疯狂（侈谈者更喜欢的那个意义上的疯狂）的句子可以理解的人，难道不会看出这样的描述是对人际联系的极大拒绝吗？它竟然骇人听闻地相信，人的存在是通过某种力量的附体或对这种附体的信仰才变得真实可靠的，其他同伴的同样重要的存在却既无法证明也无法限制这种力量！

然而，认为疯狂是健康，疯狂是解放、是真实，这样的说法居然受到了相当大一部分素有教养的大众的欣然接受。我们会给予下面这样一种可能性以应有的重视，即那些积极响应这种说法的人可能内心并不想变得疯狂，更不用说精神失常了——我们文化中的智识生活的鲜明特征就是，它鼓励一种形式的赞同，但这种赞同并不意味着真正地相信——但我们还必须认真地看到我们的这样一种处境：我们中的许多人发现，他们可以快意地把玩这样的想法，即异化只有通过异化的完成才能加以克服，完成了的异化不是一种剥夺或缺陷，而是一种力量。可能正是因为这种想法能够轻易就获得同意，而无须伴以过去人们称之为"严肃性"的态度，因此从社会存在所产生的不满之表达就不甚急切，人们倒是迫切地想说，个人存的真实性是通过极端的孤独、通过它宣称可以带来的力量而获得的。为了让精神病患者彻底地走向神圣，我们拒斥了异化的社会现实的虚妄性，我们每个人都是基督——但一点也不需要费心去调解纠纷，去成为牺牲，去与犹太教士们理论，去布道，去招收门徒，去参加婚礼和葬礼，去开创什么，并在某个时候去说，成了。

索引[*]

A

阿兰 Alain (É.-A. Chartier) 190

阿伦特，汉娜 Arendt, Hannah 91

阿诺德，马修 Arnold, Matthew 7-8, 57, 76-7, 151-52, 162

埃尔顿，G. R Elton, G. R. 177-79

埃伦伯格，亨利·F Ellenberger, Henri F. 183-84

艾布拉姆斯 Abrams, M. H. 127

艾尔曼，理查德 Ellmann, Richard 118, 154

艾略特，T. S Eliot, T. S. 10-1, 176, 182

艾略特，乔治 Eliot, George 152-53, 157

爱默生 Emerson, Ralph Waldo 96, 146-51, 155, 163-64, 166

　　《英国特性》*English Traits* 146, 163-64

　　《百科全书》，见狄德罗条 Encyclopédie, see Diderot, Denis

安德森 Anderson, Quentin 148

奥斯丁，简 Austen, Jane 5, 89, 94-102, 107-09, 134, 149

　　《爱玛》*Emma* 96, 149

　　《曼斯菲尔德庄园》*Mansfield Park* 96-8, 101-3

　　《诺桑觉寺》*Northanger Abbey* 96, 100-01

B

巴别尔 Babel, Isaac 171

---

* 根据原书 185—188 页的索引改编而成，为便于查阅，按照主词条的中译名拼音字母排序。

巴布，泽维提 Barbu, Zevedei 27

巴尔扎克 Balzac, Honoré de 54, 170

巴尔赞，雅克 Barzun, Jacques 110-11

柏拉图 Plato 84, 216

《北英评论》 North British Review 107-08

拜伦 Byron, Lord 76

班哈姆，雷纳 Banham, Reyner 166-68

贝克特，萨缪尔 Beckett, Samuel 166

贝利 Bailie, J. B. 46, 57-8

贝娄，索尔 Bellow, Saul 55

本琼生 Jonson, Ben 53

本特利，埃里克 Bentley, Eric 15

本雅明，瓦尔特 Benjamin, Walter 175-76

比伯，玛格丽特 Bieber, Margarete 112

伯克，埃德蒙，《论崇高与美两种观念的根源》Burke, Edmund: *Philosophical Enquiry* 124-27, 129

布莱克 Blake, William 196, 209

布朗，诺曼·O Brown, Norman O. 207, 215-16

D

达朗贝，见卢梭《致达朗贝论戏剧书》条 Alembert, Jean le Rond d'

达维，唐纳德 Davie, Donald 13

大卫 David, Jacques Louis 93, 114

丹纳 Taine, Hippolyte 163

但丁 Dante Alighieri 19

德拉尼，保罗 Delany, Paul 27, 31-4

狄德罗 Diderot, Denis 38-44, 46, 51-2, 56, 58, 60-1, 67, 85, 117, 139-40

　　《百科全书》 *Encyclopédie* 52, 117

　　《拉摩的侄儿》 *Le Neveu de Rameau* 38-40, 42-5, 60, 62-3, 139

《喜剧的矛盾》*Paradoxe sur le comédien*　85
狄更斯 Dickens, Charles　7, 54, 170,
　　《小杜丽》*Little Dorrit*　170
迪斯累里，《年轻的公爵》Disraedi, Benjamin: The Young Duke　98

E

恩格斯 Engels, Friedrich　39, 160

F

菲尔丁 Fielding, Henry　21, 116-17
　　《汤姆·琼斯》*Tom Jones*　110, 117
费其诺 Ficino, Marsilio　216
弗洛姆 Fromm, Erich　217
弗洛伊德 Freud, Sigmund　39-40, 74-5, 133, 144, 158, 168, 183-85, 187, 189-205, 207-14
　　《超越快乐原则》*Beyond the Pleasure Principle*　203
　　《文明及其不满》*Civilization and Its Discontents*　152
　　《一个幻觉的未来》*The Future of an Illusion*　197
福柯，米歇尔 Foucault, Michel　216
福斯特，E. M. Forster, E. M.　166
福楼拜 Flaubert, Gustave　130, 134-35, 171, 176
　　《情感教育》*L'Éducation sentimentale*　171
　　《包法利夫人》*Madame Bovary*　89, 130-31, 134-35

G

盖伊，彼得 Gay, Peter　86
戈宾诺 Gobineau, Joseph Arthur, Comte de　144
戈德曼，吕西安 Goldmann, Lucien　41
戈夫曼，欧文 Goffman, Erving　15

歌德 Goethe, Johann Wolfgang von　38, 42, 46, 62-3, 68, 76, 161, 165
　　《浮士德》*Faust*　67
　　《少年维特的烦恼》*The Sorrows of Young Werther*　5, 63-8, 76
格莱斯顿 Gladstone, William Ewart　151
格斯道夫，乔治斯 Gusdorf, Georges　33-4

H

海德格尔 Heidegger, Martin　136
荷马 Homer　66-7
赫拉克利特 Heraclitus　118
黑格尔 Hegel, Georg Wilhelm Friedrich　38-9, 42, 45-9, 51-2, 54-8, 60-2, 68, 71-2, 75, 79, 95, 99, 101, 148-49, 156-57, 160
　　《精神现象学》*Phenomenology of Mind*　38, 45-7, 56-8, 62, 71, 101, 157
华顿，伊迪丝，《欢乐之家》Wharton, Edith: *The House of Mirth*　98
华兹华斯 Wordsworth, William　13, 119-21, 123, 129, 134, 158
　　《迈克尔》*Michael*　121
惠特曼 Whitman, Walt　121
霍布斯 Hobbes, Thomas　26
霍桑 Hawthorne, Nathaniel　9, 148

J

吉尔曼，理查德 Gilman, Richard　176
纪德，安德烈 Gide, André　10, 12, 91, 136, 154
济慈 Keats, John　9, 212

K

卡莱尔，托马斯 Carlyle, Thomas　28, 63, 76, 90, 164, 180-81
　　《拼凑的裁缝》*Sartor Resartus*　76

卡蒙特利，路易斯·卡罗基斯 Carmontelle, Louis Carrogis 40

卡斯蒂廖内，《侍臣论》Castiglione, Baldasare: The Book of the Courtier 29-31

康德 Kant, Immanuel 41

康拉德 Conrad, Joseph 139, 144-45

 《黑暗的心》*Heart of Darkness* 139, 143

柯尔律治 Coleridge, Samuel Taylor 123

科尔默德，弗兰克 Kermode, Frank 64

库柏 Cooper, James Fenimore 148

库珀，戴维 Cooper, David， 216-17

L

拉康 Lacan, Jacques 33-4

拉摩，让－菲力普 Rameau, Jean-Philippe 40-2

拉摩，让－弗朗索阿，见狄德罗《拉摩的侄儿》条 Rameau, Jean-François

拉斯来特，彼得 Laslett, Peter 28

莱恩 Laing, R. D. 204-06, 217

劳伦斯，D. H Lawrence, D. H. 136, 148, 166

里斯曼，戴维 Riesman, David 87

理查森，《克拉丽莎》Richardson, Samuel: Clarissa Harlowe 94

利维斯，F. R Leavis, F. R. 10

列维－斯特劳斯 Lévi-Strauss, Claude 82

刘易斯，乔治·亨利 Lewes, George Henry 62

刘易斯，温德姆 Lewis, Percy Wyndham 19

卢梭，让－雅克 Rousseau, Jean-Jacques 24-5, 32, 77-99, 102, 120-23, 125-26, 129, 132, 136, 158, 211-12

 《忏悔录》*Confessions* 32, 77-8, 89, 97

 《第一篇论文》(《论科学与艺术》) *Discourses*, *First* 32, 79-80,

82-3, 123

　《论人类不平等的起源和基础》*Second* 80-1

　《致达朗贝论戏剧书》*Lettre à M. d'Alembert* 24, 82-3, 94

　《新爱洛伊丝》*La Nouvelle Héloïse* 94

　《漫步遐想录》*Rêveries* 95

伦勃朗 Rembrandt 34

罗伯-格利耶 Robbe-Grillet, Alain 74

罗伯斯庇尔 Robespierre, François-Maximilien-Joseph de 89-93

罗斯，菲利普 Roth, Philip 74

罗斯金 Ruskin, John 162, 164-68

　《现代画家》*Modern Painters* 168

M

马尔库塞，赫伯特 Marcuse, Herbert 207-13

马基雅维里 Machiavelli, Nicolò 19

马克思 Marx, Karl 28, 39, 41-2, 159-62, 164, 181, 184, 203-04, 207-08

　《资本论》*Capital* 160

　《1844年经济学哲学手稿》*Economic and Philosophical Manuscripts* 159-61, 204

马里内蒂 Marinetti, F. T. 166-67, 169, 171

马斯特斯，R. D Masters, Roger D. 97

马韦尔，安德鲁 Marvell, Andrew 53

马西兹，艾伯特 Mathiez, Albert 90

迈尔斯 Myers, F. W. H. 152-53

麦尔维尔 Melville, Herman 144, 170

　《抄写员巴特尔比》'Bartleby the Scrivener' 170

　《比利·巴德》*Billy Budd* 144

曼，托马斯 Mann, Thomas 154

梅瑞狄斯 Meredith, George 25

蒙克顿·米尔恩斯，约翰 Monckton Milnes, John 98
蒙田 Montaigne, Michel Eyquem de 78
弥尔顿，约翰 Milton, John 114, 132, 201-02
　《科马斯》*Comus* 98
米勒，亨利 Miller, Henry 166
莫里哀 Molière (J.-B. Poquelin) 21, 23-5, 29, 90-2
　《愤世嫉俗》*Le Misanthrope* 23-4, 90-2

N

尼采 Nietzsche, Friedrich Wilhelm 45, 71-2, 84, 135, 154-55, 158, 169, 180, 184, 200, 203, 216
　《悲剧的诞生》*Birth of Tragedy* 71-2
尼任斯基 Nijinsky, Vaclav 171

P

帕斯卡，《思想录》Pascal, Blaise: Pensées 41-2
佩尔，亨利 Peyre, Henri 76-7
普拉姆，J. H Plumb, J. H. 179
普鲁斯特，马塞尔 Proust, Marcel 13

Q

齐奥科斯基 Ziolkowski, Theodore 85
乔伊斯，詹姆斯 Joyce, James 10-2, 54, 117-18, 119
　《都柏林人》*Dubliners* 119
　《一个青年艺术家的肖像》*A Portrait of the Artist as a Young Man* 11-2
　《尤利西斯》*Ulysses* 118
琼斯，厄内斯特 Jones, Ernest 203

S

萨克雷 Thackeray, William Makepeace 63

 《名利场》*Vanity Fair* 21

萨洛特，娜塔莉 Sarraute, Nathalie 130-31, 133-36

萨特 Sartre, Jean-Paul 130, 132-34, 136, 187-90, 192

 《存在与虚无》*Being and Nothingness* 133, 187-88, 190

 《禁闭》*Huis Clos* 132

 《恶心》*La Nausée* 130

塞万提斯，《堂吉诃德》Cervantes, Saavedra, Miguel de: Don Quixote 110, 116, 118

桑塔格，苏珊 Sontag, Susan 127

莎士比亚 Shakespeare, William 4-5, 15, 19, 30, 52-4, 56, 64, 95, 107, 111, 116, 161

 《皆大欢喜》*As You Like It* 15

 《哈姆莱特》*Hamlet* 5-6, 11, 114

 《亨利四世》*Henry IV* 111

 《李尔王》*King Lear* 14, 20, 30-1, 110

 《奥赛罗》*Othello* 19, 116

 《暴风雨》*The Tempest* 52-3, 56, 64

 《特洛伊罗斯与克瑞西达》*Troilus and Cressida* 111

 《冬天的故事》*The Winter's Tale* 20, 54, 65

叔本华 Schopenhauer, Arthur 184

司各特 Scott, Sir Walter 107

斯汤达 Strendhal (Henri Beyle) 54, 170

斯威夫特 Swift, Jonathan 117

索福克勒斯 Sophocles 4

 《俄狄浦斯在科罗诺斯》*Oedipus at Colonus* 110, 141

 《俄狄浦斯王》*Oedipus Rex* 110, 114

T

汤普森，J. M Thompson, J. M. 90

特罗洛普 Trollope, Anthony 54

透纳 Turner, J. M. W. 168-69

托尔斯泰，列夫，《伊凡·伊里奇之死》Tolstoy, Leo: "The Death of Ivan Ilych" 171

托克维尔 Tocqueville, Alexis, Comte de 22, 147

陀思妥耶夫斯基 Dostoevsky, Fyodor 41, 61

W

王尔德，奥斯卡 Wilde, Oscar 154-58, 162, 169

威廉斯，雷蒙 Williams, Raymond 26

维尼 Vigny, Alfred de 144

沃德，汉弗莱，《罗伯特·埃尔斯梅尔》Ward, Mrs. Humphry: Robert Elsmere 151

沃尔泽，迈克尔 Walzer, Michael 29

沃肖，罗伯特 Warshow, Robert 111-12

X

西尔伯，埃伦·S Silber, Ellen S. 78

西弗，怀利 Sypher, Wylie 73

希尔，克里斯托弗 Hill, Christopher 33-4

锡德尼 Sidney, Sir Philip 17

席勒 Schiller, Friedrich von 8, 38, 125-26, 129, 158, 169

《美育书简》*Aesthetic Letters* 125, 158

辛普森，理查德 Simpson, Richard 107

Y

雅斯贝尔斯 Jaspers, Karl 180

亚伯拉罕 Abraham 5, 121

亚里士多德 Aristotle 113-14, 118, 177, 204

扬，爱德华 Young, Edward 122

耶茨，弗朗西丝 Yates, Frances 26-7

叶芝 Yeats, W. B. 16, 53

易卜生 Ibsen, Henrik 184

犹太教士，犹太教士文献 Rabbis, Rabbinical literature 219

约纳斯，汉斯 Jonas, Hans 15, 113-14

约翰逊，塞缪尔 Johnson, Samuel 18

Z

詹姆斯，亨利 James, Henry 54, 146, 148, 175

代译后记：诚与真的历史文化脉动

莱昂内尔·特里林（Lionel Trilling，1905—1975）并不属于那种有着明确的理论体系的文学批评家，除了"纽约知识分子"这个更多带有地域特征而非流派特征的称谓外，他不属于任何文学团体。因此，与20世纪因各种主义或流派而名噪一时、广为人知的理论家相比，特里林的文名相对要寂寞许多，但其文化影响力却一直在稳步扩展。

特里林是一个有着自由主义色彩的文化批评家，他始终把文学与社会、文化及政治问题联系起来加以考察。这无疑是受马修·阿诺德影响的结果，而他的博士论文就是《马修·阿诺德》（1939）。马修·阿诺德在19世纪宗教式微的时代祭起文化这面大旗，呼吁人们通过浸淫于"最优秀的知识和思想"来提升自己，走向完美。特里林的文学批评活动则试图从多个角度来阐发不同的历史时期、各异的文化畛域的文学个体在自我塑造的过程中的种种表现。他的观照视野很广阔，主要集中于19世纪、20世纪的欧洲文学与美国文学，同时对精神分析学说、文学教学等问题也多有论述。但除了关于马修·阿诺德、E. M. 福斯特的专题研究外，他出版的大都是一些论文集。相比之下，《诚与真》（1972）在论题的内在关联性及宏大纵深方面就显得独树一帜了。

《诚与真》是特里林 1970 年在担任哈佛大学诺顿诗歌教授时的演讲集，主要围绕历史中的自我之真诚与真实问题展开，某种程度上浓缩了他此前对诸多作家及文学文化现象的研究与思考，其重要性自不待言。但是，由于涉及众多的文学现象和理论问题，又包含了黑格尔、弗洛伊德有关精神的自我实现及潜意识理论，这部演讲集的思辨色彩很浓。特里林并不喜欢对所论述的问题匆忙给出明确的答案，对各种对立的观点冷静、理性而辩证的阐释多于主观、感性的论断，从而在理解方面向读者提出了严峻的挑战。

在《诚与真》中，特里林认为，差不多是在 16 世纪与 17 世纪之交，欧洲的道德生活出现了一个新的要素，即自我的真诚状态或品质。真诚主要是指"公开表示的感情和实际的感情之间的一致性"，它与一定的文化环境相关，特别是与"社会"的出现、个人的社会流动性增强、个体"内空间意识"的生成及"自我"（self）的形成相关。这样，在作为有着独立于单个人的生命及规律的"社会"出现之前，我们就很难谈论一个人的真诚问题，比如先祖亚伯拉罕、阿喀琉斯或贝奥武甫等既不能说是真诚的，也不能说是不真诚的。用《哈姆莱特》中的波洛涅斯的话来说，真诚就是"对你自己忠实"，就是让社会中的"我"与内在的"自我"相一致。因此，唯有出现了社会需要我们扮演的"角色"之后，个体真诚与否才会成为一个值得追问的问题。

由此带来一系列的问题，其中有些问题始终处于开放状态。第一，我们所要忠实的自我究竟是什么？它在何处藏身？它是随社会的变化、文化的熏陶、制度的规训、自身的努力等不断改变呢，还是具有某种生命体的坚硬性？第二，我们说我们是真诚的，但这是有待验证的，因此就出现了真实性问题，不仅是真诚是否真实的问题，而且是自我之真实性问题，是"存在的可靠性和个人存在的可靠性"问题，也就是如何避免"我们出生时乃是原创，怎么死的时候却成了拷贝？"的问题。于是我们发现，真诚、真实与自我相互纠缠在一起，同时它们又跟社会、文化、无意识理论等交织，而文学则成了表现这些纠缠与交织同时又以自己的方式参与其中的独特媒介。以文学为切入口，检讨以上诸要素之间的复杂关系及其演变过程和相关的论述，就成为特里林在《诚与真》中为自己提出的主要任务。

如果说16世纪、17世纪的欧洲文学形象在真诚方面表现出了他们的认知、追求和努力，比如《哈姆莱特》中的波洛涅斯、哈姆莱特、霍拉旭，《愤世嫉俗》（《恨世者》）中的阿耳塞斯特，而真诚问题又与社会环境相关，一个社会既能够培育公民的真诚又能够败坏这种真诚，那么真诚的变质与衰落就首先与社会相连，于是在18世纪的两个文学形象——拉摩的侄儿、少年维特——那里，我们就看到了这种变化。在狄德罗的笔下，拉摩的侄儿是"高傲和卑鄙、才智和愚蠢的混合物"，这个分裂、混乱、自我嘲讽的形象是他所生活其中的装腔作态的社会的牺牲品，他的存在本身就是对社会之伪善的抨击。而《少年维特的烦恼》中的维特这个从心地单纯变质为内心分裂、痛苦，最后甚至走向自杀之途的文学形象同样是对高贵而虚伪的上流社会的控诉。

但是，借助黑格尔的《精神现象学》，特里林告诉我们，《拉摩的侄儿》《少年维特的烦恼》有远比对社会进行道德判断更丰富的内涵。黑格尔认为，历史的进程乃是精神的自我实现过程，它通过个体与外部的社会权力（国家的政治权力和财富的权力）之不断变化的关系来实现。个体的意识最初是和外部社会权力完全和谐的，个体意识对外部权力是黑格尔所谓的顺从的服务，它有一种"内在的尊敬"感。黑格尔将个体意识与外部社会权力的这种顺从一致称为"高贵意识"。但在黑格尔看来，精神的本质是寻求"自为存在"，也就是说，精神要从诸限制性条件中解放自身，争取自主自为。当精神结束它与外部社会权力的同一状态即"高贵意识"的关系时，个体意识就走向与外部权力的"卑贱意识"关系。在变化的过程中，个体通过修正与外部权力的"高贵意识"关系，开始了对抗外部权力的"卑贱意识"，"它（即个体意识）视国家的统治力量为压迫和束缚自为存在的一条锁链，因而仇视统治者，平日只是阳奉阴违，随时准备爆发叛乱"。而个体自我与财富的关系更加卑贱，自我对财富又爱又恨，借助财富自我"得以享受其自己的自为存在"，但它又发现与精神本质不同一，因为精神的本质是持存性，而享受则是变灭的。当"高贵意识"发展到"卑贱意识"的阶段时，黑格尔认为这是一种进步，而不是我们以为的退步。在拒绝顺从地服务于国家权力和财富权力时，卑贱意识失去了自身的统一，它的自我是"分裂"的，自我与本身"异化"。但因为它从强加的诸条件中脱离，所以它就是进步的。于是我们看到，真诚的人实际上拥有的乃是"诚实的灵魂"，而卑贱的人则是"分裂的意识"，从自我走向自由的自主自为的角度来说，"分裂的意识"反倒是精神的更高阶段。因此，我们不应该为《拉摩的侄儿》中的那个"我"即狄德罗鼓掌，而应该为那个侄儿的出现欢呼，我们不应该为维特从单纯走向分裂感到悲哀，而应该为他固执于单纯的诚实的灵魂进而自我毁灭感到惋惜。

对我们的认知结构来说，要接受这样的结论，无疑是一次革命性的挑战。特里林也不无叹息地说:"于是,在研究真诚问题时,我们这么早就碰到一个有着很大影响的思想家,他提出了一个令人沮丧的观念,即真诚并不值得我们尊敬。我曾经指出,真诚与随社会观念之兴起而发展的强烈的个人身份意识有着明显的联系,真诚被看作是个体自主自为的一个要素,于是我们认为它是一种不断进步的善。然而,从黑格尔的历史人类学出发,就必须从相反的观点来看待真诚,它是退步的,喜欢往后看,留恋于昔日的自我身份,处在自我与分裂之间,而如果自我要发展真正的、完全的自由,分裂就是必要的。"

精神的进步、自我的拓展是一个艰难痛苦又充满反复的过程,这是一种被称为"文化"的精神事业。按照黑格尔的理解,文化就是字面意义上的训练,文化中的自我充满了痛苦的体验,唯有通过承受文化的痛苦,卑贱的自我才能变得高贵,并且这事实上已经是高贵了。

虽然黑格尔有关"分裂的意识"的论述在理论上很令人信服,也与尼采所阐发的狄俄尼索斯精神有诸多的一致,但在相当长的时间里,在我们的日常生活中,人们仍然将"诚实的灵魂"及其高贵单纯的生活理想作为追求的目标。在莎士比亚的传奇剧中,在19世纪的世情小说里,在卢梭的各种论述中,在罗伯斯庇尔的滔滔雄辩和简·奥斯丁的大宅美舍里,我们看到的更多的是对真诚的礼赞和呼唤。尽管没有明言，但特里林对黑格尔所描绘的精神的自我实现进程实际上是持肯定态度的。问题是，自我的文化训练如何才能成为可能呢？特里林以卢梭的艺术观为例对此展开论述。卢梭是一个兼具法国式真诚与英国式真诚的独特个体，虽然他有某种"分裂的意识"，但无论是在自传中，还是在学术论文里，卢梭都始终捍卫"诚实的灵魂"。正因如此，他对文明败坏人性就非常敏感，并在《论科学与艺术》《致达朗贝论戏剧书》等论著中对文学的腐蚀作用做了深入的剖析。在卢梭看来，现代社会有多种力量在传播意见，增加意见的力量，从而控制并检验个体自身存在的感受，而文学则是诸力量中最突出的一种。在文学之"取悦"功能的影响下，大众逐渐养成了"随波逐流"型的人格，同样戏剧也以角色扮演的方式潜移默化地削弱了自我的真实性与自主性。虽然卢梭的艺术观具有道德主义、实用主义的色彩，但我们不能因此忽视其中珍贵的美学内涵，这是将艺术的感受与存在的感受结合起来的有关"实际的人的美"的思考与吁请。

"存在的感受"（sentiment of being / sentiment de existence，第一版译文作"生存的意义"）是卢梭在《论人类不平等的起源和基础》中描述自然人的原初纯真状态时使用的一个短语："他的灵魂不为任何事物所扰，只会沉浸于对其当下存在的感受之中。"斯塔罗宾斯基对此阐释说:"这是斯多亚主义自足（autarcie）理想的一种'动物性的''感觉性的'变形。人既不会越离自身，也不会超出当下瞬间。一句话，他活在直接性中。"这种直接性让自然的欲望与客体之间毫无障碍，作为媒介的语言也近乎不必要，"感觉直接向世界敞开，以至于让人难以将自己与其周遭环境区分开来"（让·斯塔罗宾斯基，《透明与障碍：论让-雅克·卢梭》，汪炜译，上海：华东师范大学出版社，2019）。这就是卢梭所理解的存在的直接通透的感受，也是他认为艺术所应该追求的状态。

卢梭关心的是人的纯真性保存与培养问题，也就是不为各种障碍阻挡、遮蔽进而变异的"独立不羁型"人格或自我主宰型人格的培养问题，这类人格其鲜明的特征就是自主自为，是在强制性的社会生活中坚持严格挑选各种要素的意志和力量。这样，卢梭的观点在深层次上就与黑格尔的观点统一起来。但是，卢梭在对文学艺术左右大众的功能进行抨击的同时，他某种程度上也忽视了艺术培育人性的功能，尽管这种功能在现代社会似乎再次受到了质疑。

值得注意的是，卢梭在总体上对文学加以谴责的时候，却对雄辩术和小说网开一面，他认为二者都不会破坏真诚。但通过对罗伯斯庇尔和简·奥斯丁的分析，特里林告诉我们，无论是罗伯斯庇尔在政治集会上那喜剧式的真诚表演，还是奥斯丁在《曼斯菲尔德庄园》里那斩钉截铁式的道德绝对论，都要么走向真诚的反面，要么故步自封地宣布自我的进步乃是一种不可能，从而让读者心生绝望，这都不符合已经深入人心的辩证发展的现代认识论。

进而言之，怀抱真诚的观念，始终如一地忠实于不变的自我，既不考虑现实环境的可能性，也不考虑自我变异的可能性，甚至把真诚当作自我证明、自我炫耀的高贵资本，这实际上跟所谓的英雄观念有本质上的相通之处。在吸收了他人关于英雄的理解后，特里林指出："英雄就是看上去像英雄的人，英雄是一个演员，他表演他自身的高贵感。"只有在古希腊的悲剧中，我们才会看到这种带有遗传的神性、比实际的人好的英雄形象。但在现实生活中，就是希腊人也对英雄不抱幻想。到了文艺复兴时期，英雄模式既遭到小说的抨击，也遭到戏剧自身的抨击，在塞万提斯的《堂吉诃德》中，在莎士比亚的《特洛伊罗斯与克瑞西达》里，我们听到了对英雄的嘲笑声。英雄之所以受到嘲笑，不仅因为它是荒诞的，这种荒诞既表现为自身气派的提高不过是装腔作势，道德上又不免矫揉造作，而且因为它妨碍了实际的行为。真实的自我要能够安排好自己的现实人生，就必须首先学会向这种浪漫但未免作态的英雄观念告别。于是，我们发现，与文艺复兴时期戏剧之繁荣共生的真诚观念在一开始就已经有它的对手加朋友陪伴在身边，真诚的堂吉诃德身后跟着一个真实的桑丘·潘沙，与浪漫、高贵而理想化的前者相比，这个真实的伴侣没有任何戏剧成分，懂得生命的寻常坚硬，懂得常态的生活是甘苦杂陈、祸福相依、错对交织。只是对真诚的理想期待挡住了我们的视线，我们不愿意承认真实。直到人们开始认识到真实自身也有其珍贵之处时，我们才向真实睁开了眼睛。是的，我们不要以为，对具体平凡、无所提高的实际生活的关心就是失去了我们视若至宝的神性，实际上在寻常生活中或者说正是因了寻常生活，我们才会产生并体验乔伊斯所谓的"顿悟"，那在日常之中偶尔显现的东西虽没有"顿悟"所指的那种传统的基督教的神圣意思（主的显现），但也与神性观念相吻合：它是我们所说的精神。正如赫拉克利特说的那样，下降的路与上升的路是一回事。

在华兹华斯的《迈克尔》中，特里林从迈克尔无言的悲伤里看到了自我的另外一种品质——真实："迈克尔就像他举起或放下的任何一块石头一样，实在，坚硬，厚实，沉重，持久。"此后，像华兹华斯一样，关注真实的艺术家不再以"取悦"为目的，不再考虑观众或读者的感受与期待，他们表现他们之所是、艺术之所是和生活之所是，而观众或读者从艺术及艺术家之自主性中也体悟到自身之自主性，于是三者在探询存在的自主意义上重新聚首。艺术家在追求真实的途中往往以揭示虚假的多种表现为手段，在包法利夫人的悲剧命运中，我们看到了虚假这个"非人化的地狱"所引起的恐惧。也正是出于这种恐惧，萨洛特对爱玛·包法利表示出极度的轻蔑。但是，我们不要急忙划清我们自身与包法利夫人之间的界限，如果说爱玛是用"从最低俗无聊的浪漫主义作品中搜罗到的一连串廉价的意象"来编织自己的梦想，那么我们这些把生活建立在最优秀的文化事物之上的人也不过是尼采所谓的没有独立主见的"文化庸人"，像福楼拜说"包法利夫人——就是我"一样，包法利夫人也是我们每个人。于是我们再次沮丧地发现，艺术虽然不再"取悦"了，但"取悦从来就不是引诱的唯一手段，艺术仍然能够引导我们把我们的存在感受依附于他人的意见"。特里林这里的论述有些游移和匆忙，他实际上是想说，艺术在揭露虚假、表现真实时会对读者产生教育意义，但如果读者因此完全顺从艺术，就会再次出现卢梭所担心的那种情况，从而为艺术所腐蚀。也就是说，在通过文化塑造自我的过程中，我们必须始终保持独立、清醒的意识，保持批判性的立场。自我的文化精神事业充满了诱惑与陷阱，这是一次歧路丛生的艰辛之旅。

这样，我们就能够理解，特里林何以要对康拉德的《黑暗的心》大加赞美了。在批判性地对待教化自我的文化方面，在深度地展示真诚方面，在辩证地统一"诚实的灵魂"与"分裂的意识"方面，《黑暗的心》都是无与伦比的。像拉摩的侄儿一样，库尔兹也是复杂的"分裂的意识"，他兼具欧洲的文明教养和血腥残暴。通过退到野蛮状态，库尔兹"触及了人们所能探及的文明构架的底层，触及了关于人的真理的底线，人性的最核心，他黑暗的心"。他身上具有阴森森的真实之光，这种光昭示了欧洲文明的伪善和欺骗。但是另一个人物，即故事的讲述者马洛却是一个"诚实的灵魂"，他对英国所代表的文明充满了热情，而与狄德罗不同的是，马洛又对库尔兹忠诚到五体投地。尽管矛盾，但马洛所体现的恰恰是独特的英国式的真诚，这是混合了英国的历史、航海职业所催生的职业道德和宗教传统所遗留下来的责任的一种真诚。与美国人相比，英国人似乎还处于精神的最初阶段，但由于历史文化的影响，这种阶段的特质要比狄德罗、维特及信奉简单生活理想的人更加绵密厚重。这个时期的英国人接受了先于他而存在的现实环境，因此他"将会是真诚的和真实的，因为真实，所以真诚"。

但对绝对责任的忠诚也存在巨大的危险，稍有不慎，就会滑向不真实。于是，当奥斯卡·王尔德说"人生的首要责任就是要尽可能地成为假的"时，他就给真诚但危险的英国人开辟了另外一条道路。王尔德与尼采具有惊人的相似之处,他们都反对真诚,赞美面具。王尔德的名言"形而上学的真理就是面具的真理"绝不是虚无主义的,而是主张艺术作品通过反讽从而带来疏离感,这与席勒说游戏的艺术就是它战胜了"责任和天命的严肃认真",从而使人成为真正的人的观点完全一致。而席勒、王尔德和尼采所展望的人的自主又与卢梭、华兹华斯在重视存在的感受时所提出的有关道德生活的观念是根本一致的。

随着工业文明的兴起,机械的、物质的力量对人的控制的增强,自我的运动又面临新的异化即非人化的威胁,对此马克思的《1844年经济学哲学手稿》进行了剖析。在部分肯定了马克思对资本主义社会的批判的同时,特里林围绕有机论对传统的艺术观念和以未来主义为代表的现代艺术观念作了辨析。马里内蒂认为,作为社会及道德理想的有机性恰恰具有有机性原则自身所要反对的那种虚假性,不是有机性而是机械性才能成为证明现代生活之真实性的原则。马里内蒂的这种说法也许会造成思想的混淆,但特里林以乔伊斯给他的艺术家主人公取名迪达勒斯为例指出,作为第一个工匠,迪达勒斯不仅设计了囚禁人的迷宫,而且设计了一对翅膀,让他飞翔着逃离囚禁。也就是说,机械时代有着机械时代的生活逻辑,当人类无可规避地进入机器的时代之后,我们就不应该再对消逝的过去抱任何思乡式的幻想,只有采取更为强悍的、现代的艺术手段，我们才能使世界、使我们自身震惊、恐惧，从而"将人类的精神从默然的非生存状态中拯救出来"。

有机性历来是文学研究的一个话题。亚里士多德的《诗学》最早将文学与活的东西相比，从而开了有机性论述的先河。以后，有机性某种程度上成了不朽性的代名词，在莎士比亚遭到攻击时，柯尔律治就从论证莎剧的有机性入手来捍卫这位经典作家，而人们对现代主义文学的斥责也与它缺少有机性有关。如果说把文学与生命现象进行比较乃是人类最初、最自然的一种认识活动，那么在机械复制的时代从真实的角度再次讨论有机性问题，我们就很容易看出它的陈腐老派。但是，机械性如何能够拯救自我，这似乎仍然是一个问题。

当代艺术对真实的关注首先表现为对叙述模式的弃绝，因为叙事妄想在宗教那创始成终的叙述活动被漠视的时代里取而代之，所以像宗教一样，它也包含着自身的虚假性。但与叙事相关的精神分析活动，却通过分析精神分析对象的叙述试图探求真实的、太真实的自我。像库尔兹退到野蛮状态因而触及了文明的"黑暗的心"一样，这种向无意识深处的探求最终似乎也触摸到了人这个生命体在生物意义上的"黑暗的心"。弗洛伊德通过分析作为面具的"自我"（ego）和作为原动力的本我之复杂关系试图揭示精神生活存在的虚假性，并指出自我乃是社会在意识中的替身。但在《文明及其不满》中他指出，社会只是人之挫折的"必要"原因，人之不愉快的直接动因来自无意识本身的一个要素即超我。超我起初是自我的一部分，但后来退出自我，成为一个自主的存在。它在某种意义上是社会在心理中的替身，但就压抑而言，超我远比社会严格，超我要自我一方克制，但自我奉命进行的每一次克制都不但没有让它平息，实际上反而加剧了超我的严厉。自我所放弃的攻击被超我用来强化它自身对自我的攻击，这种攻击的唯一动机就是它自身的变本加厉。自我越屈从于超我，超我就越要求自我屈从。弗洛伊德认为，这是促进与统一的本能（爱的本能）和假设性的死本能（攻击由此产生）之间的辩证关系，这种辩证关系非常古老，差不多就是有机体与生俱来的、不可解决的矛盾。弗洛伊德之所以坚持认为，受心理本性决定的人的状况基本上是不可缓解的，是因为他想支持从前经由上帝认可的人之存在的真实性，他试图让一切事物远离"失重"。

在否定弗洛伊德的观点并强调社会是造成各种精神疾病之罪魁祸首的论调逐渐成为主流思想时，马尔库塞却矛盾性地指出，真实实际上是社会诸规定的产物，真实有赖于这些规定继续保持有效。也就是说，个体如果要具有个性，就必须承载必要的社会压力。而被特里林斥之为"侈谈"的许多流行看法竟然从反社会的角度推崇疯狂，认为这是自我认识真理、获得解放的方式。在这样的疯狂中，人人都可以宣称自己就是基督，却不必劳神"去调解纠纷，去成为牺牲，去与犹太教士们理论，去布道，去招收门徒，去参加婚礼和葬礼，去开创什么，并在某个时候去说，成了"。毫无疑问，对这样的"侈谈"特里林是持反对态度的。

在评价《文明及其不满》时，特里林不明白弗洛伊德为什么要带着阴暗的信条走向他的学术顶点，这是一种近乎承认遭遇的神秘性与自然性、承认真实生命之非理性并对之加以默然承受的宗教态度。同样，我们也不明白，为什么在探寻自我之诚与真的历史文化脉动的学术之旅中，特里林要以归于生命体之坚硬性的方式结束他的追问。也许，一切关于人的追问最终都要回到那个简单的事实，人是动物。但是，这样的思考是逆向的、反文化的、反文明的。我们承认人首先是动物，承认文明的进程、文化的事业最终都不能彻底改变我们的生物属性，超我与本我的紧张关系始终存在，但人类生存的感受与意义或许就是卢梭已经给我们描述过的那种透明的直接性，既不越离自身，也不超出当下，是动物性与精神性、生物性与文化性、自我和环境、主体与对象的一体共生，和谐共存，而诚与真始终在其中相互协商与谐调。

自特里林之后，诚与真不但引起了哲学家的关注和哲学视角的讨论，而且成为文学创作的某种追求。20 世纪八九十年代，美国出现了"新真诚"写作运动。一些作家试图对现代主义、后现代主义进行反动，反对用真实超越真诚，反对反讽性姿态，强调作者、读者的在场和彼此间的真诚交流，主张回到陀思妥耶夫斯基甚至更早的文学状态。哲学与文学的这些新近发展彰显了特里林、《诚与真》的价值与意义。

刘佳林

日内瓦，2023 年 1 月 27 日

图书在版编目（CIP）数据

诚与真：诺顿演讲集1969—1970年 /（美）莱昂内尔•特里林著；刘佳林译. -- 上海：上海文艺出版社，2025. -- ISBN 978-7-5321-9148-2

Ⅰ. I106-53

中国国家版本馆CIP数据核字第2025FQ2540号

Sincerity and Authenticity: The Charles Eliot Norton Lectures, 1969—1970
© 1972 by the President and Fellows of Harvard College

责任编辑：肖海鸥
封面设计：周安迪
内文制作：常　亭

书　　名：诚与真：诺顿演讲集1969—1970年
作　　者：[美] 莱昂内尔•特里林
译　　者：刘佳林
出　　版：上海世纪出版集团　上海文艺出版社
地　　址：上海市闵行区号景路159弄A座2楼　201101
发　　行：上海文艺出版社发行中心
　　　　　上海市闵行区号景路159弄A座2楼206室　201101　www.ewen.co
印　　刷：苏州市越洋印刷有限公司
开　　本：1240×890　1/32
印　　张：8
插　　页：2
字　　数：135,000
印　　次：2025年8月第1版　2025年8月第1次印刷
Ｉ Ｓ Ｂ Ｎ：978-7-5321-9148-2/I.7190
定　　价：58.00元
告 读 者：如发现本书有质量问题请与印刷厂质量科联系　T:0512-68180628